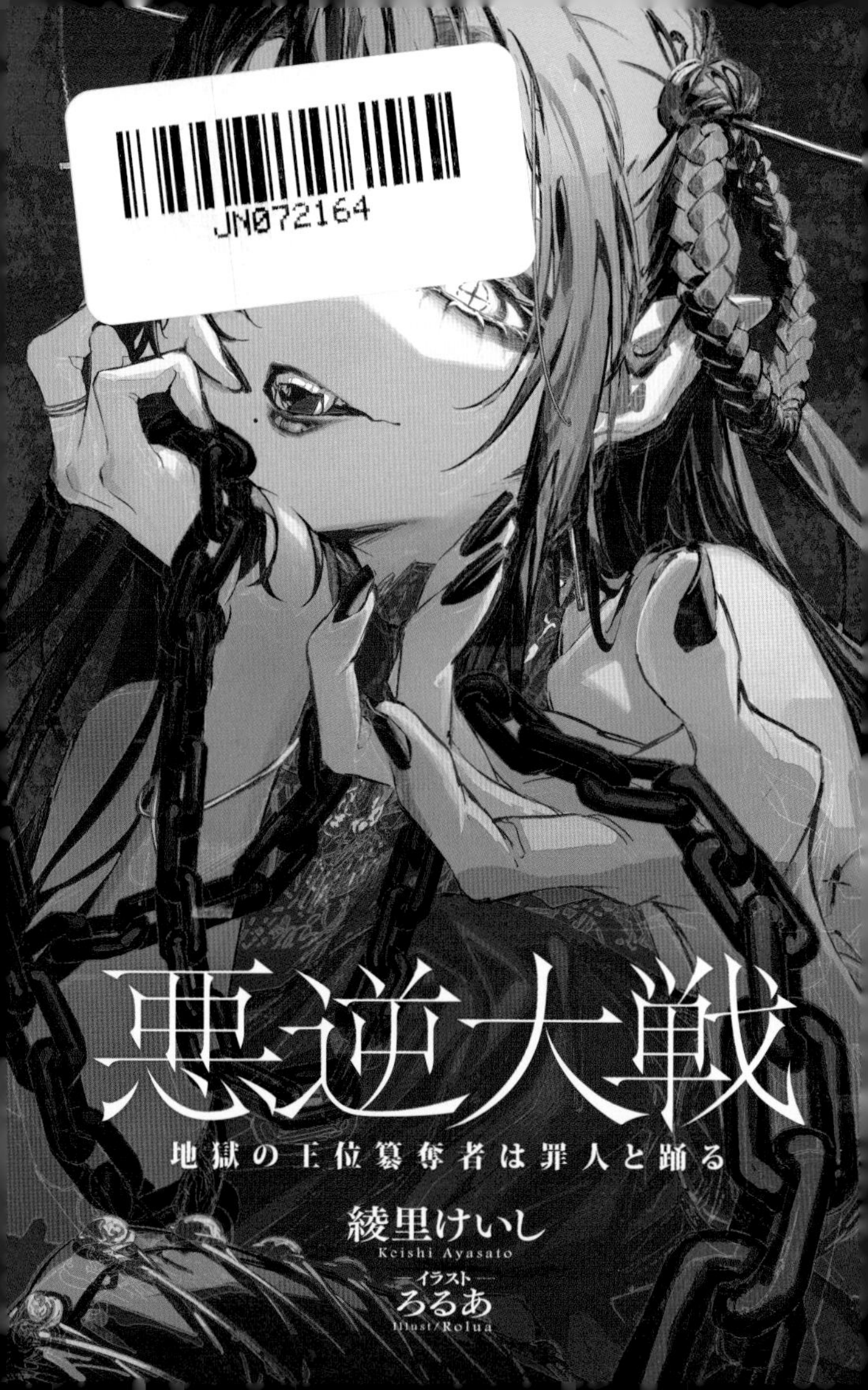

JN072164
悪逆大戦
地獄の王位簒奪者は罪人と踊る
綾里けいし
Keishi Ayasato
—イラスト—
ろるあ
Illust/Rolua

―登場人物紹介―

CHARACTERS

西島 俊
にしじま・しゅん

地獄の王の第一〇八子。魔力に異常があり地上に逃れていた。櫻の魂を救うため、地獄へ舞い戻る。

ネロフェクタリ・フォン・クライシスト・ブルーム

地獄の王の第七子で、王位の継承権を持つ。『怠惰と狂騒のネロ』と呼ばれる。

桜花 櫻
おうか・さくら

俊の同級生。事件に巻き込まれ命を落とし、なぜか地獄堕ちしてしまった。

エリザベート・バートリー
セバスチャン・モラン
夜長姫《よながひめ》
エンドレアス・フォン・クライシスト・ブルーム

「六人、殺してみせるがよい」

「仰せのままに」

「君、そんなに見られると
照れるじゃないですか？」

CONTENTS

悪逆大戦
地獄の王位簒奪者は罪人と踊る

綾里けいし

MF文庫J

口絵・本文イラスト●ろるあ

プロローグ

君がこの手紙を読むとき、私はすでに死んでいることでしょう。

ずいぶんと月並みな始め方をしたものだなぁと、我ながら感心してしまいました。いざ、自分が遺書を書く立場となると気の利いた言葉のひとつも出てこないのでびっくりしますね。当人の私でさえもこうなのだから読んだ君の方はもっと驚いたことでしょう。あるいは、肩をすくめて呆《あき》れたでしょうか。それとも、全身を震わせて泣きだしたのでしょうか。君は優しい人だから、きっと最後の可能性が一番高い。

もしも、そうならば心が痛みます。

私は君を泣かせたいと考えたことは一度もない。悲しい思いや辛《つら》い思いもして欲しくなどありませんでした。それでも私は私であるために死ななければならなかったのでしょう。だから、君が私のために泣く必要などどこにもないのです。でも、そう言ったところで、君は納得などしないでしょう。ただひとつだけ、保証をさせてください。

大丈夫。私が死んでも君の世界は何も変わらない。明日も正しく回っていきます。

でも、そのことをこそ、君は嘆くのでしょう。

今となっては、私の望みはひとつだけです。
どうか、君が私のことを忘れてくれますように。

今の君の世界に、私はいません。

そこで、君は明日も変わらずに生きていく。
それだけが、私の喜びで、願いで、望みで、希望です。

だから、明日も私の欠けた世界で、
私だけの消えた、いつもの場所で。

なにひとつ変わりなく、君が生きていてくれますように。

私などいなかったかのように。
永く、幸福でありますように。

２０＊＊年、＊＊月、＊＊日。
＊＊県＊＊市、＊＊高等学校にて。
卒業生の三十八歳、男性が校内に侵入。包丁で生徒と教師を次々と切りつけた。八名が重軽傷。そのまま、男は立てこもり、事件は長期化するかに思われた。だが、瀕死《ひんし》の同級生をかばい、ある生徒が男ともみ合いになる。包丁を奪い、生徒は男の腹部を深く刺した。

また、当の生徒も首筋を切られており、警察の到着を待たず、失血死した。

これが報道の際、一部は伏せられた、『＊＊高等学校立てこもり事件』の全容だ。

加害者であり、被害者でもある生徒は、すでに死亡している。そうでなくとも、彼女の殺害行為は、極限状態におかれた被害者による、正当防衛と認められる可能性が高かった。

司法は彼女を裁かない。

だが、人間のルールの外では、極めて冷酷かつ厳格な判決が下った。

人を殺した者は地獄に堕《お》ちる。

それこそが地獄《ゲヘナ》の取り決めだ。

だから、彼女も――桜花櫻《おうかさくら》も、地獄に堕《お》ちた。

そう、西島俊《にしじましゅん》は知っている。同時に彼は思った。

――そんなことを、認めてたまるか。

＊＊＊

西島俊。

あるいは、ルクレッツィア・フォン・クライシスト・ブルーム。

その仰々しくも、馬鹿馬鹿しい文字の連なりこそが彼の名前だ。

西島俊は日本の高校生である。同時に、彼は地獄の王位継承者の一人でもあった。その序列は一〇八番目――彼は地獄の王の一〇八番目の子にあたる。

つまりは、雑魚《ざこ》だ。

王の子供は第一子に近づくほど位が高く、わけ与えられる魔力も多い。そのため、地獄では血統は絶対のものとされている。また弱肉強食が信条であり、弱き者には価値がない。

故に、一〇八子はいついかなるときでも理不尽に殺される危険性を抱いていた。それこそ、ルクレッツィアが人界に降り、極東の島国で西島俊を名乗ることとなった理由である。

だが、今はそんなことはどうでもいい。

生臭さと鉄錆《てつさび》の匂いの混ざった風が、俊の頬《ほお》を撫《な》でた。空気はどろりとした粘性を帯びている。遠くで、獣の声が聞こえた。濃い夜闇の中、彼は呟《つぶや》く。

「ここは、どこもこうだな」

俊は懐かしくも忌まわしき故郷――地獄《ゲヘナ》へ帰還していた。

だが、彼が戻ったのは、一〇八子の棲《す》む辺境の地ではない。俊は地獄の深層へ――本来は絶対に足を踏み入れるべきではない禁域のひとつへ――潜っていた。

俊の前には、灰色の草原が広がっている。奇妙なほどに、草の海は高さがそろっていた。平坦《へいたん》にすら見える光景の中央には異様な塔がそびえている。白くねじれた姿は、まるで灰の海へ突き立てられた骨だ。不気味であると同時に、神殿のような荘厳さも見てとれる。

それも当然だった。

この場は、地獄の王の第七子が棲まう場所。

『骨の塔』だ。

本来、一〇八子は近づいた段階で死罪を免れない。

また、草原の中には濃灰色の獣や魚が潜んでいた。足を踏み入れた低位の魔族は、彼らに食い荒らされる仕組みとなっている。獣や魚は第七子の血液から作られており、強大な力を持っていた。一〇八子ごときでは、一度狙われれば抵抗のしようもない。

それでも、俊《しゅん》はまだ生きていた。

草原を掻《か》きわけながら、着慣れているが故の学生服姿で、彼は塔へと近づいていく。

獣や魚は、草の狭間《はざま》で眠り、またはたゆたっていた。彼らは俊を襲おうとはしない。

それには理由がある。

見逃されているわけではなかった。単に、獣や魚には目や耳がないのだ。地獄において、警備の魔物の多くは、聴覚や視覚を捨てている。無音や透過の魔術を前に、耳や目は役に立たないためだ。故に、彼らはその器官を切り捨て、他の感覚を最大限にまで高めていた。

魔力探知。

地獄に産まれた者は皆、多かれ少なかれ魔力を持つ。探知から逃れる術《すべ》はない。

だが、俊は別だった。

牙やヒレに裂かれることなく、彼は『骨の塔』に辿《たど》り着く。

噂《うわさ》通り、その門は開かれていた。

まるで、辿り着ける実力者であるのならば、歓迎すると謳《うた》うかのごとく。

「――――行くか」

一言、俊は呟《つぶや》いた。

『骨の塔』の中へ、彼は身を滑りこませた。

＊＊＊
鬼火《ウィルオウィスプ》、骨戦士《スケルトン》、動く死体《リビングデッド》。

他にも、幾体もの使い魔がいた。

それこそ基本的に地獄に棲《す》み、使役される生き物はそろっていたのではないだろうか。

だが、俊はその全てに気づかれることなく、地下へと潜った。塔を上らず、降りたのだ。

ここの持ち主は変わっている。

『彼女』はただ一人、深層の地下室に棲む。

そう、俊は王族の噂で聞いていた。

張り巡らされた魔力探知のギミックも、彼はなんなく突破する。そして、俊は最奥の扉に手をかけた。冷たい鋼鉄の感触を味わいながら、彼は息を整える。

ここから先は賭けだった。

地下室の扉を開けば、俊は塔の持ち主に気づかれることだろう。そこから、どうなるのかはわからない。殺される可能性も高かった。それでも、俊《しゅん》は会わなくてはならないのだ。

正規の手段では面会すら許されない、第七子に。

その時だ。

「貴様、何者であろうなぁ?」

蕩《とろ》けるような声が響いた。

同時に、俊の首筋には剣が突きつけられた。柄を華やかに飾られた宝剣の刃《やいば》が、彼の喉元の皮を薄く切る。細く、血が垂れた。即座に、俊は悟る。

(動けば、命はなさそうだ)

前を見たまま、俊は無言で両手を挙げた。相手が何者かを確認することはできない。それでも、彼は敵意はないことを示す。素直な姿勢に、相手は一時殺意を薄めたらしい。

あるいは、最初からただ楽しんでいたのか。

笑みを含んだ、女の声が続けた。

「ふむ、妾《わらわ》の塔に入り、ここまで辿《たど》り着いたのだ。よほどの手練《てだ》れかと思うた、が」

「『妾の塔』……もしかして、おま……いえ、貴女《あなた》が第七子の」

「無駄口を許した覚えはないのぉ。貴様、ただの人間よな? 何故《なぜ》、地獄におるのだ?」

第七子——ネロフェクタリ・フォン・クライシスト・ブルーム。

未《いま》だ顔すら見えない存在に向けて、俊は小さく首を横へ振った。刃に削られ、血の量が

増える。それを感じながらも、俊《しゅん》は彼女の『人間』との指摘を否定するべく、瞼《まぶた》を閉じた。

己の中に細く奔《はし》る、ボロボロの魔力の鎖。それを繋《つな》げるイメージを抱く。千切れていた輪を溶接すると、自身の体が僅かながらに魔力を帯びるのが感じられた。

瞬間、第七子は興味深げに声を弾ませた。

「ほう、人間ではないな！　貴様、魔族か！　まさか、先天的な魔力異常持ちとは、この妾《わらわ》でも初めて見るのぉ。貴様、何故《なぜ》そうなったのだ？」

「……俺は一〇八番目の王の子息だ」

「貴様も、王の血族か。だが、一〇八番目など雑魚《ざこ》も雑魚。存在せぬも同じものよ。兄弟には数えられぬな。まさか、顔を見る日が来るとも思わなんだわ」

「まあ、お前達にとってはそうだろうな……だが、それだけの低位でありながらも血は引いているせいで、俺は産まれる前に、王の愛人の一人から魔力暴走の呪いをかけられた。呪いは完全には解けず、薄まり、体に異常として残った。そのせいで俺は魔力を一切高められないが、意図的にゼロにすることが可能になったんだ」

それこそが、俊の抱える唯一の切り札だった。

魔法で相手の感覚をいくらでも歪《ゆが》ませられる以上、地獄の警備のほとんどは魔力探知に特化している。だが、俊はその全てを掻《か》い潜《くぐ》ることができた。

つまり『いない存在』になれるのだ。

あとはうっかり怪物どもと正面からでくわさないよう、気をつけるのみだった。

「なるほどのう……いやはや、驚いたわ。妾の塔にそんな単純な方法で入ってみせるとは」

クックックと、第七子は低く笑った。

次の瞬間、彼女は宝剣を勢いよく振った。

俊は自分の首が切断され、宙を舞う幻影を見た。だが、それは錯覚にすぎない。第七子は剣を鎖の形に変えると、俊の首筋に巻きつけたのだ。勢いよく、第七子はそれを引く。

同時に、俊の目の前の扉が自動で開かれた。

ジャラジャラと鎖は鳴る。

恐ろしい勢いで、俊は中へ引きずり込まれた。首を縛《いまし》められたまま、彼は床上に投げだされる。石畳に這《は》いつくばりながら、俊は激しく咳《せ》きこんだ。

同時に、第七子は部屋に据えつけられた玉座に着いていた。

痛む喉を押さえて、俊はその姿を呆然《ぼうぜん》と見上げる。

「くだらぬ。くだらぬなぁ。だが面白い。度胸も評価に値するぞ。余興の価値はあろうて」

そこには、あまりにも美しい女がいた。

歳《とし》の頃は人間で言えば十六、七くらいだろうか。長い黒髪は、夜闇の最も美しい部分を集めたかのように艶《つや》やかだ。肌は透けるように白く、その中で黄金の目が輝いている。ドレープの大量に設けられた紅《あか》いドレスに埋もれた肢体は、それ自体が豪奢《ごうしゃ》な薔薇《ばら》のようだ。

下着が見えるのも気に留めることなく、彼女は堂々と足を組み合わせた。

形のいい唇をいっそ下品なほどに歪《ゆが》め、女は嗤《わら》う。

俊《しゅん》は気圧《けお》された。

(これが第七子、ネロフェクタリ・フォン・クライシスト・ブルーム)

本来、会うだけでも死罪を免れない。

真の王の血族とされる八位以内のもの――通称、『王の子』だ。

＊＊＊

『王の子』。

あるいは『美しい女』。

その姿に目を奪われ、俊は言葉を失った。

玉座の肘置きに、ネロは頬杖《ほおづえ》をつく。そして予想外にも、彼女は気安く囁《ささや》いた。

「呆《ほう》けるでないぞ。何の目的をもってして、貴様はこのネロに会いに来たのだ？」

「……………ネロ？」

「妾《わらわ》の名は知っておろう？　だが、長い。面倒だ。ネロでよい。貴様もそう呼べ。『様』をつけるか否かは、貴様の死にたがり度合いに託そうぞ」

「……ネロさ……いいや、ネロ」

「賢い、正解よ。妾は『様』づけは好まぬ。それに、不法侵入者に今更崇《あが》められたところで、不愉快なだけゆえな……で、貴様、何をしに来たのだ？　うん？」

謡うように、ネロは問いかける。

俊は息を吸い込んだ。覚悟を決めて、彼は言葉を口にする。


「――地獄堕《お》ちした人間は救えるか？」


石造りの部屋の中に、低い声が響いた。まるで別人のごとく重い口調で、俊はその一言を発した。金色の目を、ネロは数回瞬《まばた》かせる。うん？　と彼女は首を傾《かし》げた。

「待て、待て待て。何やら、予想外の一言が聞こえたように思うたが……」

「地獄堕ちとなった人間の運命は、権威ある者にしか変えられない。俺には無理なんだ。第七子であるお前に――どうか、ある人間の救済を希《こいねが》いたい」

ぱちぱちぱちとネロは更に瞬きをした。黙って、俊は彼女の次の反応を待つ。

やがて、ネロは体を後ろに反らせた。思いっきり勢いをつけて、彼女は言う。

「そんっっっっっっっっっっっっっっっっな、くっっっっっっっっっっだらんことのために、妾に会いに来たと？　この『骨の塔』に？　わざわざ？　侵入したと申すのか？」

「くだらなくない！　俺にとっては、生涯を賭けるに値する望みだ！」

「くっだらんわぁ、クソ戯《たわ》け！」

ぐっと、ネロは鎖を引いた。顔面から、俊《しゅん》は床に叩《たた》きつけられる。

みしりと、骨が鳴った。ぐらんと、視界が揺れる。鼻の奥に火薬の匂いが広がった。

やろうと思えば、ネロにはそのまま俊の首をへし折ることもできただろう。だが、はぁと溜息《ためいき》を吐《つ》いて、彼女は首を左右に振った。すとんと、ネロは玉座に座り直す。

「まぁ、よいが？」

「えっ、本当か？」

突然、思いがけない答えが降ってきた。俊は唾を呑《の》みこむ。

気だるげに、ネロは頷《うなず》いた。

「酔狂も酔狂。戯言《たわごと》も戯言。だが、妾《わらわ》はわけのわかる要求よりも、わけのわからん懇願の方が好みよ。ここまで侵入を果たしたのも見事と言えば見事ゆえなぁ。それくらい聞いてやってもよかろうよ。気紛《きまぐ》れだ。泣いて感謝するがよい」

「ありがたい。どうかお願いする！」

「で、そ奴《やつ》の名前は？」

「桜花櫻《おうかさくら》だ！　彼女は地獄に堕《お》ちるような子じゃないんだ。早く助けてやってくれ！」

「急《せ》くな、急くな。ふむ……しばし、待つがよい」

ネロは空いている掌《てのひら》を振った。空中に光の窓が現れる。中には、俊には解読不可能な複雑な魔術文字が大量に奔《はし》っていた。そこに、ネロは手を入れる。彼女の細い指を取り巻き、魔術文字は渦を形作っていった。ネロは溶けあった光を探る。黄金の目を、彼女は細めた。

「――桜花櫻。桜花櫻な……うん？　待つがよい……これは……」

「どうしたんだ。早く、彼女を助けてやってくれ」

「無理だのう」

「はっ？」

「妾には無理なのだ」

スッと、ネロは片手を引き抜いた。パチンッと、彼女は指を鳴らす。

瞬間、全ての光が消え失《う》せた。また、部屋は薄闇に包まれる。

俊は希望の糸が断たれたような錯覚を覚えた。その前で足を組み直し、ネロは続ける。

「桜花櫻。その者は何の罪を犯したのだ？」

「正当防衛だ……瀕死《ひんし》の同級生をかばって、揉《も》みあいの末にナイフを奪い、相手を刺した」

「それならば堕ちるはずもなかろうになぁ……恐らく、手続きの際、魂の管理に何かミスがあったかのう。気の毒なことよ。妾とて憂うほどだ」

「何を言って……」

「桜花櫻は地獄の深層も深層。永久牢獄《コキュートス》のさらに下に堕ちておるわ」

ヒュッと、俊《しゅん》は喉を鳴らした。

永久牢獄《コキュートス》の下の深層。そこに広がるのは永遠の『無』の海だ。中に固定された魂は地層に封じられた化石のようなもの。囚人は意識だけは保ったまま封じられ続けることとなる。それは最悪と呼ぶのも生易しい罰だ。

「……桜花が、……桜花がそんなところに」

「永久牢獄《ろうごく》の下の深層――――そこに送られた亡者の判決は、地獄の王以外には覆せぬ。当然、妾《わらわ》にも無理よのう。この『怠惰と狂騒のネロ』にもなぁ。さてはて、と。貴様にとっては悲しい事実が判明してしまったわけだが」

「……何が言いたい」

「貴様はどうするのだぁ？」

にんまりと、ネロはそれはそれは嬉《うれ》しげに嗤《わら》った。

この世の邪悪を形にしたような表情を浮かべ、美しき女は問う。

「妾の塔に、低位の王族がわざわざ入りこんだのだ。鼠《ねずみ》のごとく。蟲《むし》のごとく。そこにはさぞかし固い決意があったのであろう？　だが、王にしか、お前の求める救いは与えられぬときた。さて、今度は王の城に忍びこみ、直談判《じかだんぱん》でもしてみるか？　さあさあ、この悲劇を前に、貴様はいかなる決断をくだす？　言うてみよ。この妾に。このネロに。つまらぬ答えか。楽しい答えか。さあさあ、囀《さえず》ってみせるがよい！」

ギリィッと。

俊は歯を噛《か》み締めた。奥歯が砕ける。血の味が滲《にじ》んだ。石畳に、彼は爪を立てる。肉を削りながら、俊は床を引っ掻《か》いた。検討は一瞬で済んだ。

元々、俊が会える可能性のある王の近親者は、変わり者と噂《うわさ》の第七子のみ。王自身への拝謁など絶対に叶《かな》わない。奇跡に奇跡が重なって会えたところで、王は俊の願いなど歯牙にもかけないだろう。殺されて終わりだ。

全ての理不尽を、俊は憎んだ。桜花櫻《おうかさくら》を襲う、悪辣な運命に殺意を抱いた。

彼女は、

桜花櫻は綺麗《きれい》な人だった。

俊は、それを知っている。

たとえ、世界が終わったとしても。

そのことだけは、忘れないほどに。

「ならば、俺が王になる！」

俊は叫んだ。それは妄言でしかない。だが、このとき、俊は確かに決意していた。

一〇八子でしかない己が、たかが人間一人を救うために、地獄の頂点に立つと。

そして、ネロは――、
ネロは、嗤《わら》わなかった。

「言ったな？」

ネロはひどく真剣な表情を見せた。それから、彼女は柔らかく唇を緩めた。

綺麗《きれい》に、ネロは微笑《ほほえ》む。

まるで、己の運命に出会いでもしたかのように。

そうして、ネロは優しく尋ねた。

「貴様、名は？」

「……西島俊《にしじましゅん》。あるいは、ルクレッツィア・フォン・クライシスト・ブルーム」

「どちらの名が好きだ？」

「西島俊」

「何故《なぜ》？」

「……桜花が呼んだ名だから」

「そうか……妾《わらわ》も呼んでも構わぬか？」

「ああ」

「ならば、西島俊――」

ネロは立ち上がる。指を鳴らし、彼女は鎖を消した。

ドレスの裾を揺らしながら、ネロは俊《しゅん》の前まで歩いてくる。ためらいなく、彼女は膝を突いた。黄金の目が、俊を映す。そうして、ネロは途方もないことを告げた。

「貴様が、王となれ」

俊は知らなかった。

数日前、地獄の王が崩御していたことを。
新たな王を立てなければ、地獄は天国《ヘヴン》を巻き込み、混沌《こんとん》と化すことを。
それを防ぐために、次代の王を決める、『継承戦』が行われることを。
まだ、俊は何も知らない。
だが、この瞬間、彼は王となることを決めた。
ただ、桜花《おうか》櫻《さくら》を救うために。
地獄の冠を己こそが抱くと。

たとえ、その決意が絶望を遥《はる》かに超えた道であったとしても。

「地獄の王を決める継承戦は、王の子同士を戦わせる、一種の蠱毒《こどく》よ。互いに喰《く》らいあわせ、残った者を王とする。だが、真の蠱毒とは異なり、与えられる機会は平等ではない」

薄闇の中、ネロはよどみなく語った。

まず、彼女は王の崩御について、俊《しゅん》に教えた。そうして話を継承戦の詳細へ移行させた。

父でもある王の死に、俊は驚きはしなかった。元々、一度も会ったことがなく、ただの他人以上に遠い存在だ。ただ好都合だと、俊は己の幸運を噛《か》み締めた。

「王の座に挑める者は、第一子から第八子――通称、『王の子』のみ。だが、継承戦では更に血統が重視される」

語りながらネロは螺旋《らせん》階段を上っていた。

彼女の私室から、二人は移動をしている。

ネロは華美な格好に合う、豪奢《ごうしゃ》な靴を履いていた。踊るように、彼女は両足を滑らかに運び続ける。そのたび、靴音が軽やかに鳴った。

「勝負は、第八子が最も不利な勝ち上がり形式で行われる」

「第八子から、戦いはスタートするわけか」

「そうだ。まず、第八子が第七子と戦い、勝った方が第六子と戦う。そして、勝った方が第五子と……と、戦いを繰り返していくわけだ。第八子が王となるには、上にいる七人全員を殺さなければならない。だが、第八子は王の崩御前に、すでに死亡していてな」

「つまり、もしかして、お前が……」

「そう。第八子亡き今、第七子であるこのネロこそが、上六人を殺さねばならない、最も不利な立場にいるわけだ」

トンッと、ネロは足を止めた。そのまま、彼女はくるりと振り向く。

紅《あか》いドレスが、薔薇《ばら》のように揺れた。唇を歪《ゆが》めて、ネロは言い放つ。

「くだらぬよなぁ。実にくだらぬ。妾《わらわ》は『怠惰』。やる気はない。だが、棄権は死を意味するとくる。そこに、貴様が来たのだ。王になるなどと、戯言《たわごと》を堂々と言い放つ愚物がな」

にぃっと、ネロは嗤《わら》った。実に、彼女は邪悪な表情を見せる。先程の優しげな声はなんだったのかと、俊は思わず問いたくなった。だが、聞く暇もなく、ネロは階段に向き直る。

『骨の塔』を、彼女は再び上りだした。

「これだ、と思ったぞ。これよ。妾は勇者よりも道化を好む。生は楽しむべきものだ。笑えや唄《うた》え、嘆くな悦《よろこ》べ。故に、妾は己の人生を貴様に託すこととした。貴様の絶望的な決意がどこまで続くか、見届けてやろうではないか」

「つまり、は？」

「妾《わらわ》の代役として、継承戦を勝ち抜け」

さらりと、ネロは言った。

今度は後ろを振り向くことすらなく、彼女は重要事項を続ける。

「六人殺し尽くせた暁には、王の座は貴様にくれてやる。桜花櫻《おうかさくら》は好きに助けよ。ただし、負ければ死が待つ。代理だからと貴様の命が見逃されても、妾がその首を刎《は》ねてくれよう
――それでもいいと申すのか？」

「願ってもないことだ」

「即答か。つくづく馬鹿よなぁ、貴様」

再び、ネロは嗤《わら》った。トンッと、彼女は石畳の上で両足をそろえる。

ふわりと紅のドレスが広がり、戻った。

二人は塔の最上部に着いた。

周囲には灰色の海が広がっている。そこには黒ずんだ紅の光が射《さ》しつつあった。地獄の太陽は、煮え滾《たぎ》る血の色をしている。視界に入る何もかもが不吉な色彩に染まって見えた。

眩《まぶ》しさに、俊《しゅん》は目を細める。

毒々しい光の海の中、ネロは振り向いた。黒髪をなびかせ、彼女は囁《ささや》く。

「ならば、任せた。俊、貴様は妾の代わりに戦うがよい」

彼女は両腕を広げた。幼子のごとく、ネロはぐるりと回る。

鉄錆《てつさび》の匂いのする風の中、彼女は地獄全体を示して続けた。

「全てを得るか、全てを失え。踊りに踊って、死ぬか、勝て」

「勝つよ」

「誠か？」

「それだけが、桜花を救う道だ」

「桜花とは貴様のなんなのだ？」

不思議そうに、ネロは首を傾《かし》げた。俊は彼女の隣に並ぶ。延々と広がる灰色の草原を前に、彼は一度目を閉じた。瞬間、俊は記憶の中の光景へと戻ったような錯覚に捕らわれた。

思い出す景色は、いつも春だ。

桜が咲いている。

吹雪のように、白色の花弁が舞っている。

銀色の髪を揺らし、桜花は振り向く。悪戯《いたずら》っぽく、彼女は笑った。

『君、そんなに見られると照れるじゃないですか？』


――春だった。

――いつでも桜花は美しかった。

「……俺の恩人で、大切な人だ」

「曖昧な概念よなぁ。そもそも、人など全て、亡者になる前の肉にすぎん。稀《まれ》に娯楽の種になる者もおるが……そこまで貴様が桜花櫻《おうかさくら》とやらに執着する理由はとんとわからぬわ」

「……大概の地獄の魔族は、そういう認識だろうな」

頷《うなず》き、俊《しゅん》は溜息《ためいき》を吐《つ》いた。別に、彼はネロに理解を求めるつもりはない。理解されようが、されまいが、俊のやることに変わりはなかった。だからこそ、彼は尋ね返す。

「で、問題があるんだが」

「なんだ？」

「俺はどう戦えばいいんだ？　何せ、魔力はほぼない」

王になると豪語しながらも、俊は己の抱える問題を把握していた。

一〇八子である彼は、低位魔族と同程度の魔力しか持たない。純粋な力比べで、『王の子』達に敵《かな》うはずがなかった。だが、ネロは『貴様が王になれ』と俊に告げた。

その言葉からは、ネロが一筋の勝算を見ている事実が推測できる。

どういうことかと、俊は彼女に問いかけた。

にやりと、ネロは口の端をあげる。

「何を勘違いしておる。戦うのは貴様ではない。『駒』よ」

「『駒』？」

ネロの言葉が理解できず、俊は眉根を寄せた。

『駒』とは何か。

チェシャ猫のごとく、ネロは嗤《わら》う。そして、彼女はある事実を告げた。

「継承戦とは『駒』を使った勝負だ。使役し、戦わせるのだ。そう、――」

地獄の底に囚《とら》われている、最低、最悪の悪人どもをな。

＊＊＊

地獄の底には、一般の亡者とは異なる罪人達が囚われている。

彼らは生前、あるいは死んだ後に、世に名を馳《は》せた悪人達だ。その存在は、人間に留《とど》まらず、悪魔や怪物、神話生物の類《たぐい》も含まれる。ようは有名なものは皆、放りこまれるのだ。

それは、冷酷無比、残虐非道、悪鬼羅刹の集団。

地獄において業の深い彼らの魂は強い力を誇る。

それを、地獄の王族達は普段から武力として使役していた。

継承戦では、その手腕が問われるのだ。

適切な『駒』を選ぶ判断力。

強力な悪人を呼び出す魔力。

指揮者としての知力。

三つの力を、『王の子』は振るわねばならない。だが、直接『武力』を交わすのは『駒』達だ。まず主《あるじ》は『駒』を選び、彼らの囚《とら》われている永久牢獄《コキュートス》から、傍《そば》へと招く。その後、主従の関係を結び、『継承戦』運営者の用意した舞台にて『駒』同士を殺し合わせる。

悪人同士の一騎打ち。

盤上の、戦闘遊戯だ。

その際、主は双方共に手を出すことはない。要は一番肝心なのは『駒』の選択と采配だ。つまり、選んだ『駒』さえ優秀ならば低位の主にも勝利の可能性はある。

「『駒』同士の戦いは、悪人と悪人の殺し合いよ。悪だけが、悪を制するより強い悪が勝利を決めるのだ。

謡うように語りながら、ネロは空中から分厚い本を手に落とした。俊《しゅん》は目を細めた。その表面には人や魔獣の皮で装飾が施されている。特別な一冊のページを、ネロはめくった。めくればめくるほど、本の紙は増えた。

そこには血で無数の名が記されている。

ジャック・ザ・リッパー、ベルゼバブ、ヒュドラ、ジル・ド・レェ、牛頭鬼《ごずき》──。

全て、悪人達の名だ。

俊は考える。この中で、誰を選択し、どのように戦わせれば勝利を掴《つか》めるのか。

だが、その前に──。

パタンと、ネロは本を閉じた。謡うように、彼女は問いかける。

「貴様に、これら悪人の主となる決意はあるか？」

「その前に、残念なお知らせだ」

「なんだ？」

「俺には、悪人を呼び出す魔力すらない」

きっぱりと、俊は断言した。強力な悪人を呼ぶ──以前に、俊程度の魔力では、『駒』に該当する者は一人として召喚不可能だった。だが、そう言っていては始まらない。

覚悟に目を細めて、俊は続けた。

「命を魔力に転換できるのならば、そうしたいと思う。だが、それで最後まで戦い抜くことは厳しいだろう。魂も消費できるのならば、それも──」

「ああ、魔力のことならば気にするな。妾《わらわ》が貸してやろうとも」

「なん、だと？」

あっさりと返った答えに、俊は息を呑《の》んだ。悲痛な決意を覆され、彼は一時固まる。だが、すぐに、俊《しゅん》は首を横に振った。気を取り直して、彼は確認する。

「いいのか？　と言うか、そんなことが可能なのか？」

「いいも悪いもなかろうよ。貴様は妾《わらわ》の代理だ。まずは舞台に立ってもらわねば、困るゆえなぁ。ただ、狭い器に魔力を大量に注いだところで破裂するのみよ。限界まで渡したところで、大した魔力量には達さぬな。強力な悪人を呼ぶのは、貴様の身では厳しかろうよ」

ケッと、ネロは馬鹿にするような声を出した。

血文字をなぞって、彼女は謡うように続ける。

「貴様では『人間』以外の悪人は呼べまい。神話に名を連ねる存在などは無理だ。人外の『駒』は大抵魔力も強い。それを呼べないときては随分と不利な戦いとなろう」

彼女の言葉に俊は頷《うなず》いた。元々、己の魔力のなさは把握している。

不利は承知の上だ。後は、その中で最善手を選び続けるしかない。

「それでも、『駒』を呼べるだけ十分だ」

「よくぞ申した。制約が多いのも道化の踊る場としては面白かろう。勝ってみせるがよい」

パンッと本を閉じて、ネロは言った。

俊は首を傾《かし》げた。彼は彼女に尋ねる。

「何故《なぜ》だ？　何故、お前はそれほどまでに俺に力を貸す？」

「説明はしたであろうが、戯《たわ》け。妾にはやる気がない。そして、愚者が好きだ。妾はつまらぬゲームに自ら心血を注ぐよりも、盤上で無様に踊る貴様が見たい」

「悪趣味だな」

「その悪趣味のおかげで、貴様には王になる可能性が僅かながら残されているのだ」

「ああ、恩に着る」

「いらんわ。妾が貴様に望むのはただひとつ」

本を空中に消し、ネロは真《ま》っ直《す》ぐに俊を見つめた。

遊びに誘う、無邪気な子供のごとく、彼女は言う。

「悪人を相手に踊り狂え。妾を楽しませ続ければ望みも叶《かな》うであろう」

「楽しませる、か」

「ああ、そうよ」

すらりと、ネロは手を俊に伸ばした。

打って変わって、彼女は真剣に囁《ささや》く。


「六人、殺してみせるがよい」

「仰せのままに」


俊はネロの手を取った。そのまま、忠誠を誓う部下のごとく、彼は膝を折る。

満足げに、ネロは唇を歪《ゆが》めた。

かくして、運命の歯車は回りだす。

争いに敗れて、無様に死ぬか。

六人、殺し尽くすまで。

第二章

数日後、俊《しゅん》はネロと共に、『骨の塔』を後にした。

移動用の超巨大な魔獣の胎内に、俊達は入る。獣の中は、高級な馬車のように改造がほどこされていた。体内に、毛が生えている。更に、その肉は椅子の形をとっていた。

それに腰かけ、俊達は更なる地獄の深層へと向かった。揺られながら、俊は思わず呟《つぶや》く。

「なんだか、ネコバスみたいだな」

「ネコバスとはなんであるか？　猫の怪物か？」

「大体、そんなようなもんだ」

真面目に、俊は頷《うなず》いた。そうかと、ネロも頷き返す。

やがて、二人は血の海を越え、地獄の王の棲《す》む地へと辿《たど》り着いた。そこには禍々《まがまが》しい城が建てられている。およそ目に入る範囲全てが、脈打つ肉芽に覆われた壁に塞がれていた。

この城は、生き物に近い。

今も尚《なお》、地獄の領地を侵食しながら、城は拡張を続けている。だが、広がり続ける王の城を、地獄に棲む者達は讃《たた》えこそすれ、厭《いと》うことはなかった。

二人は巨大な正門から、中へと入る。内部の造りは、意外にも簡素だった。岩造りの城内に生物的な要素はない。不意に、金の髪と銀の髪をしたメイドが、二人の前に進み出た。

俊《しゅん》は目を細めた。二人の体は滑らかな金属でできている。使い魔の一種だ。内心、彼は冷や汗を掻《か》いた。この二人は格が違う。佇《たたず》まいから、俊は卓越した戦闘技能を読み取った。メイドでこれだ。王城に入りこむことは、魔力をゼロにしたところで不可能だっただろう。

「ようこそおいでくださいました。七番目の『王の子』、ネロフェクタリ・フォン・クライシスト・ブルーム様……そちらの方は」

「よい、気にするな。妾《わらわ》の連れよ。そなた達が金属製の脳を回すことではないなぁ」

堂々と、ネロは応える。

顔を見合わせながらも、メイド達は大人しく引き下がった。二人はネロの案内を始める。

蠢《うごめ》く肖像画で彩られた通路を進み、彼女達はメインホールの扉を開いた。

中には、シャンデリアとタペストリーの下げられた一室が広がっている。

そこでは円卓に、六人の『王の子』達が座していた。

息を呑《の》み、俊はそうそうたる面々を眺める。

臆することなく、ネロは七番目の席に着いた。第八子亡き今、末席の身分でありながら、彼女は周囲を睥睨《へいげい》する。俊はその隣に佇んだ。全員がそろうと鐘が鳴りだした。

荘厳かつ重厚な音が、俊の鼓膜を震わせる。やがて、残響は散った。

まず、意外にも六番目が口を開いた。

「……代理戦争とは、正気の沙汰じゃないね」

「ほーう、不満か、『嫉妬と堅実』のガゼ。真面目、退屈、弱気で強気。相も変わらず、つまらん男よなぁ」

「ガゼニア。名前は正しく呼んでもらいたいものだね」

淡い灰色の髪に、眼鏡をかけた少年が不機嫌に言った。

服装も含めて、彼は人間世界における学生に近い姿をしている。だが、仮にも第六子なのだ。その魔力量は、外見通りに大人しいわけがなかった。

また、俊は眉根を寄せる。『王の子』達は魔力により、体の調整を好きに行えるはずだ。通常、視力の低下など決して起こりはしない。

あるいは、何か目を覆わなければならない理由があるのか。

その隣で、桃色の髪をした第五子が高い声をあげた。人間世界で言えば、ロリータに近い――華美な衣装を揺らして、彼女は机を叩《たた》く。

「いーじゃない！　わざわざ、自分から死んでくれるのなら願ったり叶《かな》ったりよ！　妹君ってば、七子ってだけでも雑魚《ざこ》も雑魚なのに、一〇八子を代理に立てるなんて馬鹿も馬鹿！　大馬鹿だもの！」

「うるさいぞー、リル。『色欲と偏愛』の令嬢よ。願い通りであるのならば、黙ればよいのではないかぁ？　高い声で囀《さえず》りおって。いちいち一言多いのだ貴様は」

「略さないでくれる？　リルシェディス。第七子ごときが頭が高いのよ」

ウェーブがかかった豪奢《ごうしゃ》な髪を指に巻きつけ、リルは吐き捨てた。

さて、と俊《しゅん》は思う。

どうやら、メイドには伝わっていなかったようだが『王の子』達は皆、第七子が代役を立てる旨を知っているらしい。『王の子』だけが使う伝達方法があるのかもしれなかった。

それで広く、ネロはこの度の決定を伝えたようだ。

実際、俊が戦場に立つ以上は、隠しておいても仕方がないことだった。

見る限り、『王の子』達は、おおむね第七子の決定に賛成のようだ。それも当然だろう。

何せ、己に挑む者が、第七子から一〇八子へと格が落ちるのだ。

『王の子』ですらない、雑魚《ざこ》中の雑魚に。

彼らからすれば、願ってもない話のはずだった。

そう、俊が思った時だ。

「私は反対しよう」

涼やかで、厳しい声が場を割った。

俊とネロは、声の主の方へ視線を向ける。そこには、軍服めいた服装をした、黄金の青年がいた。美しい金の髪に、青い目を持つ長身の美丈夫が、二人を鋭く見返す。

にぃっと、ネロは邪悪に嗤《わら》った。

「ほう、三番目の主《あるじ》が文句をつけるとは。まあ、予想したところではある。貴様らしくはあるが、理由を聞いてもよいかのう？　『高慢と冷酷』のエンドレアス？」

「……なんだか、私だけ略されないのも腹が立つものだな。答えは簡単だとも。これは次なる地獄の王を決めるための神聖な戦いだ。一〇八子ごときの、下賤《げせん》な側室の血が入っている者の参加など許されはしない」

「下賤な側室と貴様は言うがな。父が本妻に産ませた子は、第一子のみ。貴様とて、側室の血だろうて」

「私達は別だ。我らは全員、父君が早くに選び、傍《そば》に置いた貴族達の子だ。だが、一〇八子など、奴隷階級にいた、身も心も卑しい女に産ませた雑魚だ。鬱陶しい虫達と何が違う。所詮――――」

「ちょっといいか」

ひょいっと、俊は手を挙げた。第三子、エンドレアスは虫けらを見る目をする。楽しげに、ネロは顔を輝かせた。発言の許可を得る前に、俊は口を開く。

「確かに、俺は雑魚だ。それは否定しない。だが、母は俺を下界に逃がして、一人死んだ人だ。それを悪く言う奴《やつ》は――――」

すぅっと、俊は息を吸い込んだ。

この一言を口にすれば、戻れなくなる。

だが、今更だ。俊《しゅん》には、この戦いを降りる選択肢は、端《はな》から存在していなかった。

桜花櫻《おうかさくら》が地獄に堕《お》ちたあの日から。

俊は理不尽な運命と戦うと決めた。

「継承戦で殺してみせる。以上だ」

俊は断言した。

ざわりと、場は揺れる。

ガゼは眼鏡を直し、リルは唇の端を持ち上げた。

ある者は面白がり、ある者は不機嫌を露《あら》わにし、ある者は肩をすくめ、
エンドレアスは――――、

「よく吼《ほ》えた」

壮絶に嗤《わら》っていた。

美しい顔を、彼は大きく歪《ゆが》める。醜い、とすら言える表情を浮かべ、エンドレアスは俊を睨《にら》んだ。その目の中には、不思議と愉悦にも似た光がたたえられている。

くるくると髪を指に巻きつけながら、リルが囁《ささや》いた。

「あーあ、お兄様、キレちゃったよ」

「いいだろう。ならば、この第三子、エンドレアスが第一回戦に出場する」

　ひゅっと短く、俊は息を呑《の》んだ。第三子との戦いは、本来もっと先だ。第六子、第五子、第四子と戦った後が、第三子の本来の出番である。

　愉快げに、ネロは口笛を吹いた。謡うかのごとく、彼女は言う。

「つまり、わざわざ順番を繰りあげて、死にくるということか？」

「死ぬのではない。早々に、虫を潰すのさ。血統を重んじない害虫を生かしてはおけない」

　滑らかに、エンドレアスは蔑視の言葉を口にした。

　第六子の席へ向けて、彼は問いかける。

「私が第一回戦に出よう。いいね、ガゼ？」

「僕は構わないよ。第一回戦は兄に譲るとしよう」

　第六子ガゼが応える。数秒遅れて、俊は事情を呑みこんだ。俊とネロの第一回戦の相手は、第六子ではなく、更に魔力の強い第三子になったのだ。だが、と、俊は思う。

（いつかは、倒さなくてはならない相手であることは同じだ）

　やるべきことは、何も変わりなどしなかった。

　それについて、ネロも同じ考えを持つらしい。

「では、まず殺し合うは妾《わらわ》達ということよなぁ、エンドレアス」

「ああ、そうだ。君達と私だ。ルールは知っているな？」

「勿論《もちろん》よ。『駒』と『駒』の戦いは三本勝負で行われる」

「私と君達で三回を戦って、先に二勝した方の勝利だ」

「同じ『駒』で三回全てを戦うことはできない。『駒』の選択も毎回必ず行われる」

俊《しゅん》はルールを噛《か》み締めた。

『駒』の選択と勝負は三回行われる。三回のうち、『勝ち』の多い方が生き残る。一回の勝負で勝敗が決まらないのは、不利な立場にある俊にとっては、僥倖《ぎょうこう》と言えるかもしれなかった。瞼《まぶた》を軽く閉じ、俊は殺戮《さつりく》の舞台を想像する。

三回、悪人を選んで戦わせなくてはならないのだ。

(しかも、俺は人間以外呼べない――――勝機はどこにある?)

俊が勝ち筋を考える間にも全員が顔を見合わせた。

そして、六人の視線は自然と一人の下へ集まった。

長い黒髪を持った男――――恐らく第一子に、全員が意識を集中させる。彼は高身長の中性的な体格をしていた。髪の影に隠れて、その顔は見えない。だが、第一子は確かに囁《ささや》く。

「許可する――――存分に殺し合え」


ここに、開幕の火ぶたは切られた。

第一回戦、第七子ネロフェクタリ・フォン・クライシスト・ブルーム&西島《にしじま》俊

ＶＳ第三子、エンドレアス・フォン・クライシスト・ブルーム

互いに、『駒』はまだ定まらず。
しかし、殺し合いの儀は定まり。

第三章

「いやー、面白いことになったなぁ、もしかせんでも、妾達《わらわ》死ぬぞ！」

『骨の塔』に帰ると、ネロは元気よく言い放った。

不吉な予言に、俊《しゅん》は口元を歪《ゆが》める。溜息《ためいき》を混ぜた口調で、彼は言った。

「第三子を相手にすることの、不利さはわかっている。まだ、俺は戦いをよく理解してすらいないんだ。それでも……これは推測だが、アイツは俺が挑発をしようが、しなかろうが、第一回戦に自ら名乗りをあげたと思う。それだけ、血統に対する執着が強い」

俊は目を細める。エンドレアスの血筋に対する姿勢は、彼には理解し難《にく》いものだ。だが、エンドレアスはそれに固執している。冷静に、俊は己の推測を口にした。

「どちらにしろ、最終的に第一回戦の相手は奴《やつ》になったはずだ」

「おや、わかっておるではないか？　てっきり、自分の蒔《ま》いた種だと右往左往するかと思ったが。面白くないのう。しかし、分析力を評価はしようぞ。褒めてやろうではないか」

にぃっと、ネロは笑った。ぐしゃぐしゃと、彼女は俊の頭を撫《な》でる。どうやら、ネロは上機嫌だ。現状をとことんまで、面白がっているらしい。にぃっと、彼女は笑みを深めた。

「それにしても、貴様、落ち着いているな？　怖くはないのか？　泣いて、喚《わめ》いて、震えても、妾は笑うばかりで、蔑みはせぬぞ？」

「それはしないさ。弱いからこそ、戦いに臆してはならないと、大事な人に教わっている。それに、もう何よりも恐ろしい経験と喪失は地上で味わった……」

そう、俊は苦みの滲《にじ》んだ口調で言う。彼は己の『戦えなかった経験』を反芻《はんすう》した。あれを上回る苦しみなどない。戦う方法を与えられている以上、後は勝つだけだ。


「ジャイアント・キリングごとき、成し遂げてみせるさ」


淡々と、俊は答えた。乱れた髪を、彼は適当に直す。

両手を合わせ、ネロは声を弾ませた。

「その意気やよし！　道化は強気であればあるほどよいものだ。言葉の通りに、踊ってみせるがいい。妾は見ていてやろう」

鷹揚《おうよう》に、彼女は頷《うなず》く。だが、不意にネロは落ち着きをなくした。

きょときょとと、彼女は辺りを見回す。

「で、だ。そろそろ連絡が来るころと思うが……」

地下室の壁際にはよく見れば様々なモノが積んであった。

ガサゴソと、ネロはそれらを漁《あさ》りだす。よくわからない楽器や金庫のたぐいが転がった。格闘の末、彼女は水晶球を取りだした。傷ひとつない、美しい逸品だ。中には崩れた魔術文字が、魚のように浮かんでいる。やがて、ソレは光りだした。

中に浮かんだ文字を眺め、ネロは声をあげる。

「来おった！　連絡よ！」

「連絡、とは？」

「第七子は圧倒的に不利な代わりに、恩情として手札の開示は後でよいのだ。相手がなんの『駒』を選んだのか。我々に先に連絡が来る！」

彼女の言葉を聞き、俊《しゅん》は胸が高鳴るのを覚えた。

戦いにおいて悪人の選択が最も重要な以上、それは大きなアドバンテージと言える。

俊は水晶球を覗《のぞ》きこんだ。

中に血のような紅《あか》い光が奔《はし》った。やがて、ソレはひとつの名を刻んだ。

酒呑童子《しゅてんどうじ》

「『鬼』、できたか。地獄の一部区画では獄卒も務める者達だ。初戦では妥当な線よな」

「相手が選び終えたってことは、こっちも『駒』を選ぶのか」

「ああ、そうだ。好きな悪人を選ぶがよい。命を預けるのは貴様だ。信頼に足ると思う――悪を倒すに足る、呼べる範囲でお前の考える最高の悪人を、『駒』とせよ」

俊は唇を噛《か》んだ。

いかに、『駒』を選ぶべきか。

まだ、戦いの知識は足りない。

それでも、選ぶしかないだろう。

また、今回は初戦だ。奇をてらうよりも、信頼に足る、悪の中の悪を選択するべきだ。

そう、俊は判断した。彼は自分でもよく知る『駒』を選択する。

「こいつにする」

そうして、俊は選ぶ。

己の命を託す悪人を。

その名は、

エリザベート・バートリー

六百余名の娘達を拷問で凄惨に殺害した、血の伯爵夫人だ。

今、運命は決した。
鬼の頭領と、大罪の貴婦人。
二名は見《まみ》え、殺し合う。
盤上の戦闘遊戯の始まりだった。

第四章

『駒』は悪人。

動かすは『王の子』。

だが、こちらは一〇八子。

まずは、魔力譲渡を頼む必要があった。

「深き口づけか、血か、どちらがよい？」

「ぶっ飛んだ二択だな」

ネロの問いかけに、俊《しゅん》はそう返す。

対して、ネロはにやりと笑った。微塵《みじん》も恥じらう様子はなく、彼女は腰に手を当てる。

「貴様も知っての通り、魔力の譲渡には体液を渡すことが最も効率がよい。血を飲ませれば話は早いが口づけを選択肢にいれてやったのは、妾《わらわ》の慈悲よ。恩情に泣いて喜ぶがいい」

「血でいいです。血で。お前に傷をつくってもらうのは悪いけどな」

「ふんっ、そのような些末事《さまつじ》など気にするでない。傷など、魔術ですぐ治るしのぅ。ないも同じよ。それに……貴様も王の子息なれば、拷問のひとつやふたつ受けたことがあろう？　ならば、痛みなど妾達《わらわ》にとっては風に吹かれるようなものと言えよう」

「ああ……そうだな」

俊《しゅん》は応えた。同時に、『王の子』であるネロにも拷問の経験があるのかと意外に思った。だが、それについて、彼は深く聞くことを避けた。己の経験を振り返ればこそ、安易には触れられない。ネロは俊のその様子を眺めた。ますます、彼女は楽しげに笑みを深める。

「なんぞ。貴様、処女のような気の使い方をする男よなぁ。妾がどのような屈辱に晒《さら》され、いかに辛酸を舐《な》めたか、聞きたければ問うてもいいのだぞ？　うん？」

「聞きたくない。それより、血を貰《もら》えるか？」

「今度は童貞のように急《せ》かしおって。せっかちなやつめ。いや……童貞は本当かぁ。なれば侮辱には当たらぬなぁ」

「いいから、血を」

「やる」

スパンッと、小気味のいい音が響いた。

俊の目の前で、ネロは深く手首を切った。白い肌に線が走り、鮮血が溢《あふ》れる。滑らかに、紅色が指を伝い落ちた。彼女は手を前へと差しだす。嫣然《えんぜん》と笑いながら、ネロは囁《ささや》いた。

「舐めよ。犬のごとく」

無言で、俊は彼女の前に跪《ひざまず》いた。血濡《ぬ》れた手を取る。

ゆっくりと、彼は細い指に舌を這《は》わせた。白い肌をなぞるように、俊は丁寧に舐めていく。鉄錆《てつさび》の味わいが、彼の口の中に広がった。舌を満たす血を、俊は飲み込んでいく。

その様を見下ろし、ネロは愛《いと》しそうに微笑《ほほえ》んだ。己の血を与えながら、彼女は囁く。

「子に乳を与える母の気分だのぅ。美味《うま》いか？」

「まずい」

「ハハハッ、育て甲斐《がい》のない子よ」

寛大に、ネロは笑う。その間にも、俊は力が満ちるのを感じた。胃の腑《ふ》が焼ける。内臓を中心として、彼は全身に今までにない魔力の流れを感じた。同時に、熱は苦痛となって体中を駆け巡った。溶けた鉄を流されているような激痛に、俊は荒く息を吐く。

「……っ……ぐっ」

「なかなか艶《なま》めかしい声で喘《あえ》ぐではないか。まぁ、魔力譲渡の苦痛にその程度で耐えられるのならば上出来であろうて」

ネロは苦しむ俊の顎に指をかける。彼女は彼を上向かせた。

血塗《ちまみ》れの俊の唇を、ネロはなぞるように舐める。俊は目を見開いた。構うことなく、彼女は舌を動かす。紅《あか》い肉が柔らかく動き、離れた。何事もなかったかのようにネロは囁く。

「戦いは三本勝負。だが、こまめに魔力譲渡を行っては、貴様の体は耐えきれず崩壊する。魔力を注げるのは最初の一回のみよ。今、渡した魔力を使って三回『駒』を呼べ。ゆめゆめ、一度には使いすぎないように気をつけよ。エンドレアス戦を勝ち抜けば、二回戦の始まりにも魔力を注いでやる。後は繰り返しだ」

「ああ、わかってる」

応え、俊《しゅん》は立ち上がった。己の唇に一度触れた後、彼は首を横に振る。

本番はここからだ。


『駒』を——稀代《きたい》の悪人を迎えなければならない。

今回はエリザベート・バートリー。

誰もが知る、拷問の淑女を。

＊＊＊

『駒』を呼び出すのは簡単なことではない。

彼らは地獄の深層、特別な牢獄《ろうごく》の中にいる。まず、そこに精神を接続する必要があった。その上で、魔力の鎖に繋《つな》がれた囚人を連れだすのだ。

『骨の塔』の地下室の中、俊達はその準備を進める。だが、ここは地獄だ。同じ世界にいる以上、物質的な媒介は必要ない。ただ、精神を上手《うま》く同調させられるか否かが要だった。

　ネロは己の血で、床に魔術文字を刻んだ。その中心に、俊は立つ。玉座で見守る彼女の視線を感じながら、彼は瞼《まぶた》を閉じた。すうっと深く息を吸いこみ、俊は口を開く。

「罪人に、王の子が告げる」

　前に、俊は手を伸ばした。

　空中には紅《あか》い糸が泳ぎ始めている。そのひとつひとつが、罪人に繋がる線だ。今回、無数にある選択肢の中から求めるものは決まっている。

　望む糸を探りながら、俊は詠唱を続けた。

「侍《はべ》れ、我が下へ。下れ、我が下へ。跪《ひざまず》け、我が下へ。牢獄を出ることを許す。鎖を切ることを許す。この我が許す。集え、我が下へ。ルクレッツィア・フォン・クライシスト・ブルームが求める――――」

　紅い、糸が絡まる。うねる。

　その渦の中、俊は目当ての存在へと言葉を投げた。

「拷問の淑女よ。誇り高き残忍な貴人よ。歪《ゆが》んだ美の使徒よ。百年の罪を我が負う。千年の罪を我が負う。来れ、我が下へ。世界の全てに見捨てられた貴殿を我がもらう――――」

　紅い糸の群れに反応はない。駄目かと、俊は思った。魔術を使い慣れていない一〇八子が、特定の悪人を呼ぶことは一度も試していないうちは不可能なのか。だが、と俊は思う。

（一度コツを掴《つか》めばいけるはずだ。それに、俺とエリザベートの相性は悪くない）

瞬間、俊《しゆん》の目の前で一本の紅《あか》い糸が輝いた。俊は直感的に悟る。それは若い女の血で、濡《ぬ》れたものだ。ためらいなく、俊はそれを掴《つか》んだ。

——暗い、暗い部屋が目に映った。

その城の角には、四本の絞首台が立てられている。窓と入口は全て塗り潰されていた。食べ物を差し入れる小窓の僅かな隙間以外、光源はない。床では排泄物《はいせつぶつ》が腐敗している。部屋の中央には、豪奢《ごうしゃ》なドレスを着た女が座っていた。その目は冷たく、不遜な光に輝いている。閉じこめられて尚《なお》、女は世界の全てを睥睨《へいげい》していた。その高貴さに、俊は気圧《けお》される。だが、それでも彼は手を伸ばした。この稀代《きたい》の悪人がいなければ、桜花櫻《おうかさくら》を救えないのだから。美しい女は動かない。彫像のような姿に向けて、俊は叫ぶ。

「我が軍門に降《くだ》れ、エリザベート・バートリー！　褒美はその掌《てのひら》に！　栄誉はその王冠に！　あますところなく与えよう！」

ふっと女は動いた。彼女は俊に気がつく。エリザベートは暗い部屋に現れた唯一の誘いの手を見つけた。それでも、彼女は迷ったようだった。しばし、エリザベートはためらう。だが、彼女は白い手を伸ばした。恭しく、俊はそれを取る。

鎖の砕ける音が響いた。

瞬間、閉じられた城は霧散した。

俊の前には、金髪に青い目をした、黒いベルベットのドレス姿の女が立っている。

どこか陶然と、俊は囁《ささや》いた。


「エリザベート・バートリー」


拷問で、六百余名を殺した女。

美しき虐殺者がそこにはいた。

＊＊＊

「私を呼んだのはお前?」

どこか夢見るような瞳をして、エリザベートは囁いた。彼女に向けて、俊は頷《うなず》く。

エリザベートは彼に焦点を合わせた。紅い唇を歪《ゆが》め、彼女は甘く続ける。

「私に軍門に降れと言ったかしら?」

「……ああ、そうだ。俺は」

「俊《しゅん》っ！」

瞬間、ネロの警告の声が、俊の耳を打った。咄嗟《とっさ》に、彼は顔を後ろへ反らす。眼球のあった場所を針が穿《うが》った。いつの間に出したのか。鋭い縫い針を手に、エリザベートは言う。

「命じると言うの？　たかが、地獄の王の子息ごときが？　この伯爵夫人に？」

冷たい魔力が渦巻き始める。業を負った魂は、地獄では強い力を誇るのだ。エリザベートもその例外ではなかった。彼女の傍《そば》に、有名な拷問器具がそびえ立つ。鉄の処女だ。それは大きく扉を開き、中の棘《とげ》を光らせた。犠牲者の血塗《ちまみ》れの腕が、奥の暗がりから伸びる。穴だらけの手が俊を搦《から》め捕《と》ろうとした。だが、彼は既にそこにはいない。

「────なに？」

「地獄の兵として捕らえられた魂である以上、────貴女《あなた》にも、敵を魔力で感知する癖がついてるわけだ」

エリザベートの背後から、俊は縫い針を白い喉元へ突きつけていた。それは、エリザベートが拷問器具を呼んでいる隙に奪ったモノだ。戦い方は、以前、桜花に教わっている。それを正しく行使し、俊はエリザベートの背後をとった。軽い声で、ネロが言う。

「ほーう、貴様。そんな特技まであったか。つくづく愉快な道化よなぁ」

「お褒めにあずかり、光栄だ」

「だが、今回の召喚で魔力の二分の一は使ったぞ。貴様、いいのか？」

「いいんだ。まずは自分の呼べる悪人の限界値を試したかった。また、初戦は『試し』の戦だ。力の弱い者を呼んでも、『捨て』にしかならない。今回は、これが正解だと思う」

しばらく、エリザベートは驚愕《きょうがく》に目を見開いていた。だが、彼女は緩やかに唇を歪《ゆが》めた。どこか愉快そうに、エリザベートは囁《ささや》く。

「少しはやるようね。いいわ。このエリザベートが特別にお前に耳を傾けてあげましょう」

「慈悲に感謝する」

そう、俊は応えた。尊大に、エリザベートは顎を振る。指を鳴らすと、彼女は椅子と扇子をだした。腰かけ、己を仰ぎながらも、彼女は辛うじて聞く姿勢をとる。

そして、俊は語りだした。

何故《なぜ》、彼女に戦って欲しいかを。

己の、戦場に立つ理由について。

＊＊＊

「――――馬鹿なの？」

「妾《わらわ》もそう思う」

エリザベートの一言に、ネロは深々と頷《うなず》いた。己の額を押さえ、俊は言葉を押しだす。

「ネロは黙っててくれ……貴女《あなた》は愚かと思うのか？」

「ええ、よく考えてもみなさいな、坊や。そんなお涙ちょうだい話を耳にして、戦場に立とうと言う悪人がいる？」

「身も蓋もないな――だが、俺が勝てば貴女《あなた》にもメリットがある」

エリザベートに向けて、俊《しゅん》は訴えた。いい切り札を持ち出すではないかと言うように、ネロがにやりと笑う。彼女に向けて、俊は短く頷《うなず》いた。

それは継承戦において正式に定められているルールだ。

同時に、悪人達を働かせる唯一の飴《あめ》でもある。

俊は菓子のように甘い誘いを重ねた。

「主《あるじ》が王の座に着いた暁には、参戦した『駒』はその罪こそ消せないが、地獄の王に可能な範囲の望みをひとつだけ叶《かな》えられる」

王の特権として褒賞は予定されていた。見返りがなければ、人は動かない。特に、悪人ならば猶更《なおさら》だろう。この特権を餌にして、『王の子』達は悪人に主従関係を誓わせるのだ。

「……そして、俺の誘いを断われば、他の主に呼ばれるかどうかは不明だ」

「なるほど。つまり、坊やを袖にすれば、二度と願いが叶う機会は訪れないかもしれない、と？　悪い子ね、坊や。甘い蜜は大人が使いこなすものよ」

扇子の羽根の陰で、エリザベートは囁《ささや》いた。しばし彼女は迷う。その表情は傲岸不遜な笑みをたたえたままだ。だが、何を思い出したものか、一瞬エリザベートは眉根を寄せた。

パチンッと、彼女は扇子を閉じる。唇を歪《ゆが》め、エリザベートは囁いた。

「いいわ。もしも呼ばれなかった時、あの部屋で後悔し続けることこそ拷問よ。坊やの下で戦いましょう。ただし、決して貴方《あなた》を主とは仰がないから、そのつもりでいるように」

「了解した」

端的に、俊は応える。同時に、彼は疑問に思った。

拷問の淑女は、一体何を望みに掲げると言うのか。

「勝利の末に、お前は何を願うんだ？」

俊は問う。エリザベートは目を陰らせた。

かつて孤独に、闇の中で死んだ女は言う。

「富も美貌も私は全てを持っている。ただ、幽閉場所を変えて欲しい——それだけよ」

「わかった。契約成立だ」

端的に、俊は応える。エリザベートは頷いた。

ここに、『駒』と『主』の関係は生まれる。

あとは、互いに戦場に立つのみ。

殺し合いの前準備は、ここに成ったのだ。

第五章

牢獄《ろうごく》からエリザベートを連れだして、四日目。

彼女とのコミニケーションはおおむね上手《うま》くいっていた。

エリザベートは冷酷で、傲慢で、横暴で高貴な女だ。

些細《ささい》なことで、彼女は俊《しゅん》を叱責し、激昂《げきこう》し、怒りをぶちまけた。だが、俊は一〇八子という低位であり、以前には監禁も体験している立場だ。上位の者の激情に彼は慣れている。

また、エリザベートの拷問対象が女性に限られていたことも大きかった。そうでなければ、今頃、俊は屑肉《くずにく》にされていてもおかしくはなかっただろう。

唯一困ったのは、彼女が『遊び相手』、あるいは『嗜好品《しこうひん》』を欲しがったことだった。

「処女の生き血を浴びても、若返りの効果がないことは、今の私は知っているわ。それでも悲鳴という楽曲と、臓物の柔らかさが欲しい。坊やは王の子でありながら、女中の一人も差しだせないと言うの？」

「あー、悪いが、この塔に使用人はいないんだ」

「うむ、全て魔術でなんとかしておるからなぁ。妾《わらわ》は従者は好まぬゆえ」

「そちらのお嬢さんを嬲《なぶ》らせてくれてもよいのよ？」

「やめてくれ。二人が殺し合ったら洒落《しゃれ》にならない」

そう、俊はなんとかエリザベートをなだめた。

第七子という高位の立場にありながら、ネロの方はエリザベートの物騒な発言にもころころと笑っている。彼女のその寛大さはせめてもの救いと言えた。

ワインを頭からかけられたりしながらも、待機の日はすぎた。


遂《つい》に、一回戦第一幕は間近に迫る。


本番を明日に控え、俊は『骨の塔』の屋上から外を眺めた。

灰色の草原は、かつて彼のいた場所とはあまりにも異なっている。青空と清い光の眩《まぶ》しいあの春の日に、俊は痛切に帰りたいと思った。だが、それが無理なことはわかっている。

桜花櫻《おうかさくら》は死んだのだ。

たとえ、彼女の魂を救いだせたところで、優しき日々は二度と帰ってこない。

屋上での光景を、俊は思い返す。

桜花櫻は、鮮やかに彼の前に現れた。それ以来、何度も顔を見せるようになった。

あの時、彼女を突き放せていれば。

そうすれば、何もかもが変わったのだろうか。

「腑抜《ふぬ》けた、しかし真摯な顔……愛した娘のことを考えているのね、坊や」

「……わかるのか？」

音もなく現れたエリザベートに、俊《しゅん》はそう返した。当然のように、彼女は頷《うなず》く。漆黒のドレスを摘《つま》んで、エリザベートは彼の傍《そば》まで歩いてきた。灰色の海を眺め、彼女は囁《ささや》く。

「私は貴婦人、『女たるもの』。坊や程度の考え、手玉に取るがごとくわかってよ」

「そうか。それは怖いな」

「ねぇ、坊や？」

「なんだろうか？」

「何故《なぜ》、私を選んだのかしら？」

そう、エリザベートは口にした。意外な問いかけに、俊は瞬《まばた》きをする。エリザベートは彼を見つめた。どこまでも気位の高い女は、それでも己の存在に一筋の疑問を投げかける。

「私は『鬼』と戦うのに決して適切な存在とは言えないでしょう。けれども、私を招いたのは、貴方《あなた》の知識不足だとは断じきれない何かを感じるの。坊やは何故、私を選んだの？不遜にも、この伯爵夫人を」

「初戦は手探りだ。間違いなく業が深く、人の中でも強力な『駒』を選びたかった」

「それだけ？」

「それだけ、ではないな……俺と貴女《あなた》の相性は悪くなかった。貴女ならば、誤ることなく糸を手繰り寄せられると思ったんだ。何せ、俺は拷問と、女の恐ろしさをよく知っている」

俊は答える。かつての地獄の日々を、彼は思い返した。爪を剥《は》がされ、錆《さ》びた釘《くぎ》を打たれ、その全てを治され、ついには痛覚を直接刺激されたことを。泡を吹き、ゲロを詰まらせながら懇願し、自らの舌を噛《か》み切ろうとも許されはしなかった。

それを眺め、彼を攫《さら》った女は笑っていた。

「拷問は恐ろしい。それを嫣然《えんぜん》と見つめられる者もだ……酒呑童子《しゆてんどうじ》は伝説によれば男だ。俺は男が、真なる残酷と化した女に勝てるとは思わない」

俊は断言した。その答えが気に入ったのか。エリザベートは紅《あか》い唇を歪《ゆが》める。恭しく、俊は彼女に礼をした。深々と頭を下げたまま、彼は続ける。

「貴女は勝つだろう、エリザベート。俺はそう信じている」

「無論、そうでしょうとも。私は私への屈辱を、かつて、この身に受けたもの以上に何ひとつとして赦《ゆる》す気はないのだから」

誇り高く、エリザベートは応える。俊は頷いた。

やがて、血のような太陽が昇る。

その光に照らされた女は美しく、また恐ろしかった。

もうすぐ、最初の舞台の幕が開く。
殺し、殺されるための盤上遊戯の。
その事実にすらも、貴婦人は嫣然《えんぜん》と微笑《ほほえ》んだ。

第六章

エリザベート・バートリーは悪人である。

十六世紀から十七世紀当時、トランシルヴァニア公国の中で最も有力な家門――バートリー一族に産まれた彼女は、その生涯において六百余名を殺害した。

被害者は全員が女性。主に召使いだが、手習いに集めた貴族の子女も含まれる。

殺害人数は基より、彼女の場合はその方法が卓越していた。

全てが『拷問』。

多くの娘達が生きたまま体を裂かれ、穴を開けられ、性器を抉《えぐ》られ、苦悶《くもん》のうちに絶命した。エリザベートは処女の生き血を浴びることを好んだ。中に針の生えた鉄の鳥籠や、犠牲者を生きたまま抱擁する鉄の処女は有名である。

故に、彼女の登場は罵声をもって迎えられた。

『継承戦』は、王の城の中に設けられた、闘技場で行われる。

そこでは、地獄の市民の観劇が許されていた。幾千という魔族と天に行けなかった亡霊達が、集って次なる王の誕生を見守るのだ。彼らの多くは罪を愛している。だが、その倫理観をもってしても尚《なお》、糾弾に値する罪を犯した者こそ、真の悪人だ。

百の、千の罵声の中、エリザベートは堂々と両腕を開く。

まるで歌劇の主役のごとく、彼女は胸を張り――――。

「――――お黙り」

ただ一言で、聴衆を黙らせた。

それこそが、エリザベート・バートリー。

神さえも恐れることはなかった、高貴な女である。

対する正面には、一人の男が座っていた。

歳《とし》は四十ほどの紅顔の美丈夫だ。だが、彼は人ではない。

――――鬼、である。

酒呑童子《しゅてんどうじ》。俊《しゅん》は情報を脳内で反芻《はんすう》する。大江山《おおえやま》に棲《す》み、京の若者や姫君を次々と攫《さら》った、鬼の頭領だ。その出自には諸説ある。そう、俊が思った時だ。

まるで、考えを読んだかのように、酒呑童子は口を開いた。

「日本に常からいたが、落ちぶれた山の神。あるいは、数多《あまた》の女を袖にして亡くなった者。あるいは、坊主の心臓を抉《えぐ》った稚児――――さてはて、俺の正体はどれか？　どうでもいい。ここに、お前と俺がいる。それが全てだ。なあ、そうじゃないか？」

謳《うた》うような声だった。張りのある低音を響かせ、彼は手にした朱塗りの酒盃《しゅはい》を呷《あお》る。くるりと、酒呑童子はそれを回してみせた。空になっていた器に、また、酒が満ちる。

物語を紡ぐかのごとく、彼は続けた。

「童子とは神と同様に、この世の秩序を逸脱する属性を有したもの。あの世とこの世の境の紛《まぎ》れもの。故に人の世より阻害され、蔑視されていった者。人以下とされた賊や盗人《ぬすっと》だ──それが、敵として貴族の女と向き合うことになるとはな。まあ、これもまた愉快か」

ふらり、酒呑童子は揺れた。瞬間、座っていたはずの彼は、エリザベートの眼前に迫っていた。白い顎に無骨な指をかけて、酒呑童子は囁《ささや》く。

「お前は俺に、毒の酒は飲ませまいな？　誘われても、もう敵の酒は飲んではやらぬが」

「お離し、無礼者」

パシリと、エリザベートはその手を払った。酒呑童子はひらひらと掌《てのひら》を振りながら、後ろへと下がる。まだ、戦闘は開始されていない。今のはほんの戯れじみた触れあいだった。

だが、緊張感に、俊は鼓動が速まるのを覚えた。

その前で、酒呑童子は笑っている。彼の背後には、遠くにエンドレアスが控えていた。

両腕を組み、彼は冷たい目を伏せている。

エリザベートは凛《りん》とした横顔を崩さない。不意に、彼女は紅《あか》い唇を開いた。

「何を動揺しているの？」

「流石《さすが》に、緊張してな」

「愚かな。羊のごとく、私を盲信なさい。それが礼儀というものです」

「ああ……わかった。貴女《あなた》を信じよう、エリザベート」

「よくってよ」

拷問の淑女は嫣然《えんぜん》と笑う。

対する鬼は、その様を愉快そうに眺めている。


やがて運命の鐘が鳴らされた。

瞬間、同時に、両者は動いた。

＊＊＊

巨大な円形の舞台の外側には、地獄の執行人によって、結界が張られている。

そこから一歩でも外に出たものは、逃亡者との判定の下、即死する仕組みだ。

変化は、その境界線ぎりぎりで起きた。

突然、舞台上に、旧《ふる》い日本家屋が組み上げられたのだ。

酒呑童子《しゅてんどうじ》が、魔力で再現したものだろう。当然のごとく、俊《しゅん》もその中へと取りこまれた。

畳に座り、酒呑童子は大座敷の中央で酒を飲んでいる。なんら動揺することなく、エリザベートは宝石で飾られた椅子をだした。優雅に、彼女はそこへ腰かける。

しばし、無言の時が流れた。

エンドレアスも何も言わない。彼も知っているのだ。悪人同士の戦いにおいて、主にできることはほぼない。彼らは事前に言い含めたことを聞くかどうかだ。後は好きに動く。

それでこその悪人だ。

「酒は好きかい？」

「嗜《たしな》みはするわね」

酒呑童子の問いに、エリザベートは応えた。酒呑童子はにやりと笑う。彼はもうひとつ盃《さかずき》を出した。そこに、酒呑童子は酒を注《つ》ぐ。だが、その色を見て、俊は眉根を寄せた。

酒は、紅だ。鉄臭い匂いもする。

それは酒に見せかけた女の血だ。

だが、差し出された盃を、エリザベートは受け取った。躊躇《ためら》いなく、彼女は飲み干す。

エリザベートは蒼《あお》の目を恍惚《こうこつ》と光らせた。酒呑童子は更に問う。

「血は好きかい？」

「大好きよ」

「そうかい、俺もだ。肉は？」

「もらうわ」

酒呑童子《しゅてんどうじ》は大皿をだした。そこには、鬼の伝説の所業の通りに女の肉が並べられている。桃色の一片を、エリザベートは摘《つま》んだ。薄い肉を、彼女は優雅に口へと運ぶ。その食べっぷりを、酒呑童子は満足そうに眺めた。大きく頷《うなず》き、彼は続ける。

「いい女だ。生前であれば、侍《はべ》らせ、俺の身の回りの世話をさせたものの、惜しい話だ」

「そうして、最後には食うのでしょう？　お断りするわ。けれども、あなたの嗜好《しこう》には賛同してよ？　女の血肉はたまらないものですからね」

「ああ、侍らせてよし。食うによし。女はいい。実にいい」

「故に――私は貴様を唾棄すべきものと見なします」

完璧な微笑《ほほえ》みと共に、エリザベートは告げた。無言のまま、酒呑童子は彼女の盃《さかずき》に再び血液を注ぐ。それを、エリザベートは一息に飲み干した。続けて、彼女は盃を投げ捨てる。

高い音と共に、それは割れた。

「この世に息づく全ての娘は、私の糧で餌食よ。彼女達は私のためだけにある。その命を好きにする権利は、このエリザベート・バートリーのもの！」

バッとエリザベートは空中から扇子をとりだした。ガチョウの羽根で、彼女は顔を仰ぐ。扇子の陰から、エリザベートは侮蔑と共に囁《ささや》いた。

「鬼ごときに、何が許されると思って？」

「やれやれ、優しくしてやれば、人間はこうだ。山伏のフリをしていた頼光しかり。人は童子を下に見て——そして大半が、俺に食われるのよ」

酒呑童子は一気に血の残りを飲み干した。べろりと、彼は自分の口の周りを舐《な》める。

そして、酒呑童子はエリザベートに告げた。

「都から攫《さら》った姫のように殺すぞ、女」

「私は殺す者。殺される者ではないのよ、男」

瞬間、周囲の襖《ふすま》が音を立てて破られた。若き鬼達が手に刀や鉄棒を持ち、姿を見せる。

敵は一人ではない。

その事実に、俊《しゅん》は目を細めた。だが、それは予想できていたことでもあった。

鬼達に囲まれながら、酒呑童子は言う。

「俺は鬼の頭領だ。部下達は使わせてもらう。だがな、安心しろ。茨木《いばらき》童子、星熊《ほしくま》童子、熊《くま》童子、虎熊《とらくま》童子はそれぞれ個別の罪人として収容されててな。俺の試合では使えねぇ。だが、ただの鬼ならばいくらでも呼べる」

更に、鬼は増えていく。日本家屋が崩された。外から中が覗《のぞ》く。

一斉に、観客の歓声が高まった。

エリザベートを鬼達が取り囲む。拷問の淑女は深い溜息《ためいき》を吐《つ》いた。

「男を殺す趣味はないのだけれどもね」

「ほざけ！」

鬼達はエリザベートに襲いかかる。

瞬間、凍った川の水が彼らを取り巻いた。エリザベートの住んでいた、ハンガリーの冬を体現した冷たい水だ。過去に、彼女はそれを度々拷問に用いた。魔力で冷気を増幅させられた水は、鬼達を取りこみ、凍りつく。

次の瞬間、エリザベートは鞭《むち》の一振りでそれを砕いた。

血と肉が、散る。

淑女は微笑《ほほえ》んだ。


「児戯にも満たなくてよ、童子《どうじ》」


酒呑《しゅてん》童子は立ち上がる。

俊《しゅん》は知っている。

鬼との戦いは、ここからが本番だ。

＊＊＊

鬼とは、かような生き物か。

彼らは人より遥《はる》かに身体能力に優れる。

その一撃は地を割り、爪は肉を抉《えぐ》った。

酒呑童子《しゅてんどうじ》は手を振りあげる。あえてであろう、愚直な一撃がエリザベートの脳天へと落ちた。同時に、エリザベートは地を蹴った。踊るように、彼女は足を動かす。

稲妻のような一撃を避けながら、エリザベートは扇子を頭上へと向けた。

酒呑童子の指が、強化された羽根を割る。黒の羽根が、撒《ま》き散らされた。

その中を他の鬼達が走った。一斉に、彼らはエリザベートに襲いかかる。

カツンッと、彼女は靴音を立てた。

瞬時に、鉄の鳥籠が鬼達の足元から組みあがった。

それは鎖の擦《こす》れる音を立てて、空中に吊《つ》りあがる。

中へ伸びた針が、鬼達を次々と穿《うが》った。捕らえられた彼らが暴れるたび、大量の血が降る。血の雨が舞台を生々しく濡《ぬ》らした。鮮烈な紅《あか》を浴びながら、酒呑童子は壮絶に笑う。

同胞の血に塗《まみ》れながら、彼は言った。

「やるな、女。人間ごときが、我らに狩られぬとは」

「私は殺す側よ、男。いい加減わかりなさい、童子」

「世が世なら、貴様も鬼と呼ばれていただろうなぁ」

「褒め言葉と受け取っておきましょうか。でも、いらないわ」

それは、俊《しゅん》も思っていた。鬼とは、人から外れたものの総称だ。産まれた国が異なれば、エリザベートもまた、鬼と呼ばれていただろう。だが、彼女は貴人だ。あくまでも、エリザベートは貴婦人として振る舞い続ける。黒いベルベットのドレスが男の血で濡れるのに、エリザベートは嫌そうに顔を歪《ゆが》めた。次々に迫る手を、彼女は下し続ける。

死体が積み重なり、血が広がった。

愉快そうに、酒呑童子はそれを見回した。低く、彼は呟《つぶや》く。

「たくさん殺されたなぁ……では、そろそろ本気でいくか」

瞬間、酒呑童子は掻《か》き消えた。俊は目を見開く。エリザベートも息を呑《の》んだ。卓越した身体能力で、酒呑童子はエリザベートへ肉薄した。目に見えぬ速度で、彼は蹴りを振るう。大蛇のようなうねりが、彼女を捉えた。肋骨《ろっこつ》が折られ、内臓が潰される。エリザベートは吹っ飛ばされた。何度も床に叩《たた》きつけられながら、彼女は転がっていく。舞台から飛び出す前に、俊はエリザベートの体を全力で受け止めた。なけなしの魔力を、彼は足に集中させる。ギリギリ外に出る前に、二人は止まった。

「……悪いわね、俊」

「これくらい、構わないさ」

血を吐きながらもエリザベートは立ち上がった。トンっと俊の胸を押し、彼女は離れる。

瞬間、空いた場に酒呑童子の踵《かかと》落としがめりこんだ。

その攻撃を、エリザベートは読んでいたらしい。丁度の位置に鉄の処女を展開し、彼女は酒呑童子《しゅてんどうじ》の体を飲みこませる。両開きの扉が閉じられた。

しばしの沈黙が落ちた。

だが、内側から鉄の処女は歪《ゆが》み始めた。ガァンッと、扉が殴りつけられていく。腹を押さえながら、エリザベートは呟《つぶや》いた。

「……化け物が」

「……それが、鬼よ」

扉をこじ開けながら、酒呑童子は言う。針に全身を貫かれながらも、彼は中から現れた。べろりと、酒呑童子は己の血を舐《な》める。彼はエリザベートの惨状を眺めた。彼女の間近まで、酒呑童子は近づく。だが、荒い息を吐き、エリザベートは動こうとしない。

目を細めて、酒呑童子は手を振った。

部下達が集まった。一斉に、彼らは群れとなって、エリザベートに襲いかかる。

もう拷問の淑女に抗《あらが》う力はない。

俊《しゅん》は思う。そう、見えるはずだ。

「――かかったわね」

　エリザベートは笑う。彼女は壮絶に微笑《ほほえ》んだ。

瞬間、エリザベートは棘《とげ》つきの鞭《むち》を奔《はし》らせた。肋骨《ろっこつ》を折りながらも醜い苦悶《くもん》を浮かべることなく、彼女は腕を振り抜く。一瞬で、部下達の首が刎《は》ね飛ばされた。大量の血が飛ぶ。

瞬間、そこから魔力が溢《あふ》れ始めた。エリザベートは指を鳴らす。血液から、石の壁が生えた。先程の日本家屋と同様に、巨大な城が組み上がっていく。

四本の絞首台の立てられた場――エリザベートの死んだ棺桶《かんおけ》。

チェイテ城が。

＊＊＊

「『鬼』相手には、持久戦になるだけ不利であろうよ。部下のこともあるからのぅ。やはり、早々に頭を殺すに限るな」

「酒呑童子は、四肢を縛《いまし》め、首を潰すのがいい。そして、最も効果的なのは」

「騙《だま》し打ちね」

　戦いの数日前のことだ。

　扇子で顔を扇《あお》ぎ、エリザベートは囁《ささや》いた。

　それに、ネロと俊は頷《うなず》く。伝説の酒呑童子は毒の入った酒を飲まされ、殺されている。

同じ手は通じないだろう。だが、山伏に化けた頼光を何度も疑いながらも信じてしまったように、鬼には妙に素直なところがある。騙《だま》し打ちは有効な可能性が高かった。

問題は、エリザベートにそれができるか否かだ。

「さて、何かいい方法はあるかのう？　……貴様には、心当たりがあるようだなぁ」

「ああ、ある」

ネロの問いに俊《しゅん》は真剣に答えた。その間も逸《そ》らすことなく、彼はエリザベートの蒼《あお》の目を見つめている。エリザベートの逸話について、俊は人間界で文献を読んだことがあった。

低く、彼は問いかける。

「方法はあるだろう？　貴女《あなた》がそれを望むかはわからないが」

「……よくわかっているじゃないの。あるわ」

エリザベートは応えた。だが、彼女は顔を苦々しく歪《ゆが》める。

吐き捨てるように、エリザベートは続けた。

「ひとつだけ、あるのよ」

＊＊＊

そして、今。

窓も扉も塞がれた城の中。

エリザベートは己を餌に、酒呑童子《しゆてんどうじ》だけをチェイテ城の中へ閉じ込めていた。

ここは、エリザベートの監禁場所でもある。かつて、彼女は死罪こそ受けなかったが、この城に幽閉をされたのだ。窓や扉は塗りこめられ、二度と開かれることはなかった。

エリザベートが閉じこめられている証として、城には四つの絞首台が立てられた。

この場所で、拷問の淑女はこの世の全てから見捨てられて死んだのだ。

暗い部屋の中、酒呑童子はギリリと歯を鳴らす。

「エリザベート、貴様……」

「ようこそ、私の牢獄《ろうごく》へ」

エリザベートは黒のベルベットのドレスの裾を摘《つま》んだ。優雅に、彼女はお辞儀をする。

同時に、酒呑童子の手足に鎖が絡みついた。それは普段、エリザベートを拘束しているものだ。エリザベートは卑劣に笑う。そして、彼女は暗い瞳で言い放った。

「ここに囚《とら》われ、そして死ね」

「やはり、人はこうか！　『鬼神に横道《おうどう》なきものを』！」

酒呑童子は叫ぶ。

エリザベートは手を動かす。

空中に、断頭斧《だんとうふ》が現れる。それは華麗とさえいえる動きで振りきられた。

拷問の淑女は、鬼の首を切り落とした。

＊＊＊

血が飛び、頭が落ちる。

紅を浴びながら、エリザベートは溜息《ためいき》を吐《つ》いた。ごろごろと、酒呑童子《しゅてんどうじ》の首は転がる。

それを見て、彼女は纏《まと》う空気を弛緩《しかん》させた。血を吐き、エリザベートは胸部を押さえる。

同時に、俊《しゅん》は叫んだ。

「駄目だ、エリザベート！　言ったはずだ、酒呑童子は……」

酒呑童子は源《みなもとの》頼光《よりみつ》に毒の酒を飲まされた。その後、四肢を縛《いまし》められ、首を落とされている。だが、頭は自力で動き、頼光に噛《か》みついた。

つまり、酒呑童子の頭は落とされてなお動く。

鬼の頭部が血を吹きながら宙を舞った。それは跳ね上がり、エリザベートへと落下する。

咄嗟《とっさ》に、彼女は扇子を宙に掲げた。だが、それはあっけなく噛み割られる。

酒呑童子はエリザベートに食いついた。

かつて、頼光は神々から受けた兜《かぶと》があり、助かった。だが、エリザベートにはそのような恩恵はない。所詮、彼女は何もかもから見捨てられた悪人なのだ。

エリザベートの顔は、半分以上削られた。脳漿《のうしょう》が飛び散る。ぐらりと、細い体が揺れた。

俊は叫ぶ。

「エリザベート！」

エリザベートは俊を見た。

そして、最後の力を振り絞って、彼女は、
エリザベートは新たな扇子で顔を隠した。

「美しい私だけを覚えておくべきよ、坊や」

そのまま、エリザベートは血濡《ぬ》れた手を伸ばした。彼女は俊の頬《ほお》を撫《な》でる。

残虐な女は、どこか優しく囁《ささや》いた。

「愛《いと》しい娘がいるのならば取り戻しなさい。全ての悪徳に奪われることのないように。そして、玉座に着いて、私を迎えに来るのよ」

お前を待っていてあげるわ。

俊はエリザベートの手を掴《つか》んだ。ぎゅっと彼は力を込める。唇を噛み締め、俊は頷《うなず》いた。

僅かに見える口元をエリザベートは意外そうに歪《ゆが》めた。彼女は崩れていく。白い陶磁器のような肌は脆《もろ》く壊れた。それは灰になって散っていく。城も共に玩具《おもちゃ》のごとく崩壊した。

一方、酒呑童子《しゅてんどうじ》はまだ立っている。彼は自身の頭を拾い、エリザベートを見下ろしていた。何かを噛《か》み締めるかのように、彼は瞼《まぶた》を閉じる。徐々に、その体も灰に変わり始めた。

だが、消滅はエリザベートの方が先だ。

遠くから、エンドレアスが歩いてきた。革靴の音も高らかに、彼は足を止める。

俊《しゅん》を見下ろし、彼は断言した。


「当然の結果だ、『穢《けが》れた血』が」


一回戦第一幕、エリザベート・バートリーＶＳ酒呑童子。

勝者、酒呑童子。

拷問の淑女は、再び永劫《えいごう》の暗闇に繫《つな》がれる。

間章・過去

桜花《おうか》櫻《さくら》の話をしよう。

まずは、始まりの物語だ。

＊＊高等学校の屋上にて。
その日、一種ありふれた光景が繰り広げられていた。

「いっせー、のー、せっ！」


声と共に、俊《しゅん》の腹に両足蹴りが飛んできた。

内臓に、直《じか》にダメージが入る。

俊は胃の内容物を吐き戻した。

周りから下卑た笑い声があがる。ガラの悪い男子生徒達に囲まれ、俊はサンドバックにされていた。つまり退屈を紛《まぎ》らわすための肉袋だ。床の上には、彼らが来るまで俊が読んでいた文庫本が落ちている。図書室から借りたものなので、それが汚れるのだけは困った。

馬鹿にしてくる声を聞きながら、俊には自身の痛みはどうでもよかった。

魔界での魔術による拷問に比べれば、この程度の痛みは児戯にも等しい。ただ、魔力をゼロにしている体は人間と同じなので、鬱血痕が残ることは問題かもしれなかった。

(面倒だ……ああ、ひたすらに面倒だな)

そう考える間にも、俊は両腕を掴《つか》まれた。無理やり、彼は引きずり起こされる。

再び、俊の腹に上履きの底がめり込んだ。重い痛みが奔《はし》る。訂正、と彼は思った。

(繰り返されれば、命が危ないかもしれない)

だが、彼には抵抗する気力がなかった。

ここで逆らっても同じことだ。

どうせ、また、別の誰かの標的になるだけだろう。

何せ、西島《にしじま》俊にはいじめに遭う理由が多大に存在した。

彼は魔力をゼロにしている。だが、本来、俊の魂の魔力容量は人間のものよりも大きい。

つまり、ゼロにしている間、魂にはその分の『空白』が存在していることとなる。

『空白』を持つ魂は、悪い存在を惹《ひ》きつけやすい。

つまり、西島俊は鬱屈した人間の標的になりやすかった。

三度、蹴りが飛んでくる。今度は、俊は血を吐いた。軽薄そうな声が笑う。

「あれあれあれー、これ、本当に死ぬんじゃね？」

「弱い奴《やつ》が悪いんだって。コイツ立ってるだけでなんかむかつくし、大人しく死んどけや」

「なるほど――弱肉強食もまた世の理《ことわり》、ですか」

最後に、変なのが混ざった。

そう、俊《しゅん》は思った。彼は顔をあげる。その視線の先に立つ姿を見て、俊は目を細めた。


少女だ。


眩《まぶ》しい青空を背景に、彼女は銀色の髪をなびかせている。

その様は、ひたすらに、何かの冗談のように美しかった。


突然、屋上に現れた少女は、大きな目に笑みを浮かべた。


「弱い者は強い者に駆逐される。そう、君達は己の理論を振りかざしている。なるほど、傲慢ですが一理ある。ならば、私に退治されたとしても、なんら不満はありませんね？」

「なんだ……この女、何言って」

「とうっ！」

瞬間、彼女は跳んだ。

紺色のセーラー服が捲《まく》れ、下着が見えた。

丸見えだった。

愛らしいレース柄を惜しげもなく晒《さら》し、少女は一人の顔面に着地する。


見事なまでの両足蹴りだった。


鼻血を吹きながら、一撃を喰《く》らった男子生徒は倒れる。

空中で、少女は素早く体勢を立て直した。猫のようにしなやかに彼女は着地する。パンパンと、少女はスカートの乱れを直した。そうして、彼女は銀色の髪を揺らして振り返る。

不良達はざわつく。それだけ混乱したのか、彼らは実にチープな台詞《せりふ》を吐いた。

「誰だテメェは！」

激しい敵意の中心で、少女は空と同じ蒼《あお》の目を輝かせた。

堂々と彼女は大きな胸を張る。

俊を指差して、少女は言った。

「彼のヒーローですとも」

なんだ、それはと俊《しゅん》は思った。
それが、彼と桜花櫻《おうかさくら》の初対面。

言葉にすれば、こうなる。

その日、西島《にしじま》俊はヒーローと出会ったのだ。

◆◆◆

「お前な、俺に構い続けてると、下手をすれば死ぬぞ」

数日後。
ヒーローを名乗った謎の女子に、俊はそう告げた。
銀色の髪に蒼《あお》色の目、豊満な胸元と若鹿のように鍛えられた手足を持つ――謎の少女。
あれから後、彼女はことあるごとに俊の前に現れていた。
彼が煙草《たばこ》で掌《てのひら》を焼かれているときも、便器に顔を突っ込まれているときも、肋骨《ろっこつ》に罅《ひび》を入れられているときも、少女はすばやく現れ、暴力で暴力を駆逐した。

あまりにも見事だった。

気がつけば、学校で俊に手を出すものはいなくなっていた。

本来、立ち入り禁止の屋上で、俊は総菜パンの袋を開ける。

そして、懲りない少女にそう告げた。

ここまで、俊につきまとってきた以上、少女にもある事実がわかっているはずだった。

俊に絡んでくる人間はあまりにも多い。更に、彼らはすぐに理不尽なほどの暴力に走った。

普通ではない。

俊に攻撃する際、人間は異常なほど暴力性を露《あら》わにする。

それは人間達が、俊のことを異生物だと薄々察しているせいだった。

ここまで事例を重ねれば、少女にも推測がつくだろう。俊の場合は何かがおかしいと。

彼の側に人間の暴力性を誘発させる因子があるのではないかと。

だが、少女は知りながら俊の忠告を無視した。彼の隣にスカートを畳んで座り、彼女は菓子パンの袋を開けた。ジャムパンに、少女は噛《か》みつく。呑気《のんき》に、彼女は食事を開始した。

「おい」

「………」

「おい、って。人の話を聞け」

「むぐ、むぐむぐむぐ、むぐ」

「いいよ。食べてから喋《しゃべ》れよ」

溜息《ためいき》を吐《つ》き、俊《しゅん》は言った。こくりと、少女は頷《うなず》く。そして、ハムスターのごとくジャムパンで頬《ほお》を膨らませた。咀嚼《そしゃく》してから、呑《の》み込む。それを数度繰り返して、彼女は告げた。

「大丈夫ですよ。私、死んでも構いませんから」

「何を言ってるんだこいつ」

「何を言ってるんだこいつって顔をしないでください」

「今、口で言ったんだが」

「それはそれとして、本当にいいんですよ」

ハンカチを取りだし、少女は己の口元を拭った。そのまま丁寧にそれを畳んで、彼女はポケットに戻す。身だしなみを整え終えると、少女はきりっとした顔をした。

「助けると決めた誰かを助けられないくらいならば、死んだ方がマシです」

「ジャムがついてるのは拭ったところの、ちょい左な」

「なんですと!?」

俊が指摘してやると、少女は再びハンカチを取りだした。ごしごしと更に広範囲を擦《こす》り、彼女は満足げな顔をする。その呑気《のんき》な様を眺めながら、俊は深い溜息を吐いた。

「よくわからんが、お前の言ってることが間違ってることだけはわかるよ」

「むっ、失敬ですね。まるで私が馬鹿であるかのように」

「いや、馬鹿だろ。それに……なんで俺なんだ」

それが、俊には一番の疑問だった。

少女も俊の異常性には気づいているだろう。

それなのに、何故《なぜ》、執拗《しつよう》に彼を助けるのか。

「俺以外の助けるべき誰かを、助ければいいだろう？」

「それは却下です。貴方《あなた》は私の視界に入りましたから」

「はあ？」

「私は万能じゃありません。視界に入らないものは助けられない。助けようとも思わない」

堂々と、少女は言いきる。ある意味、それは非道な考えでもあった。

彼女は、己に助けられる範囲を定めている。そのうえで、言うのだ。

「でも、一度入ったものは全力で助けます」

それが、自分の使命であるかのように。

運命であるかのように、少女は続けた。

「だから、貴方《あなた》は私が守ります」

そうして、彼女は満面の笑みを見せた。瞬間、俊《しゅん》は悟った。この娘には何を言っても無駄なのだ。そう諦め、彼は立ちあがった。食事は済んだ。屋上を去るため、俊は歩き出す。

その後ろから、声が追いかけてきた。

「私の名前は桜花《おうか》櫻《さくら》――――貴方の名前は？」

応えなくてもよかったのだろう。ここで黙っていれば、あるいは何かが変わっていたかもしれない。全ては始まらず、終わったのだ。だが、何故《なぜ》か、俊は思わず応えてしまった。

「――――西島《にしじま》俊」

あるいは、ルクレッツィア・フォン・クライシスト・ブルーム。

そう、もうひとつの名前は胸の内に秘めたまま。

◆◆◆

「そもそも、暴力に暴力で返すっていうのはどうなんだ？」

「実に短絡的かつ、浅はかな行動だと思いますね」

「お前がそれ言うの？」

更に数日後、晴れた日の屋上にて。

俊と桜花は話をしていた。

俊は寝転がり、文庫本を開いている。読書は、人と好意的な関わりが皆無な彼の唯一の趣味だ。だが、今は文字を目で追ってはいなかった。

その隣では、桜花が食事を摂《と》っている。また、彼女は頰《ほお》をぱんぱんに膨らませていた。変わった食べかたで、桜花はジャムパンを吞《の》みこむ。

周囲には、気持ちのいい風が吹いていた。

辺りには、二人以外誰もいない。

ジュースを飲みきり、桜花は紙パックをぺしゃんこにした。残骸と菓子パンの袋を、彼女は何故か丁寧に並べる。改まった様子で、桜花は口を開いた。

「まあ、私はどんな暴力にも屈しないために強くなった面はありますけどね。それを自由行使してもいいとは必ずしも思っていません。今回は緊急措置の意味合いも強かったので」

「緊急措置？」

「あのままだと、君、一か月以内に殺されていましたよ」

さらりと、桜花は告げる。ぐっと、俊《しゅん》は言葉に詰まった。地獄から逃げてきて、人間界のいじめごときで殺されては洒落《しゃれ》にもならない。だが、確かに、彼も薄々その予測は立てていた。一応、そうならないようにと、俊の方でも考えてはいたのだが。

「そこまでエスカレートする前に、学校に来るのは止《や》めるつもりだったけどな」

「甘い。徹底的に叩《たた》き潰さなければ、中には君の住む場所にまで押しかける連中が出かねない状況でした。それほどまでに君に向けられる暴力性は激しさを増していたんですよ」

それを聞き、俊は流石《さすが》にゾッとした。今の彼はただの人間だ。特別な力も、卓越した技量も持たない。一般人よりも、俊は弱い。それには理由があった。

「悪い……助けられたな」

「いえいえ。単に、私が勝手にやったことですから」

「……こっちに逃がされるまでは、少なくない年数を監禁された環境下で過ごしたからな。あんまり、身体《からだ》は強くないし、戦い方もわからないんだ」

桜花は驚いた顔をする。だが、全ては本当のことだった。

一〇八子とはいえ、ルクレッツィアは王の子供だ。

そのせいで、彼は随分とひどい目にもあっていた。

魔力暴走の呪いをかけられたのが最初。その後、無事に産まれたはいいものの、精神に異常をきたした父の愛人の一人に拉致され、長年にわたる監禁と拷問を受けた。

救出時のことはよく覚えていない。ただ、母の必死の呼びかけだけは、耳にこびりついている。その後、ルクレッツィア達は逃げた。

放浪の旅の末、彼は母の手によって人界へと送りだされた。降りる際には事故死した両親不在の青年——西島《にしじま》俊の生前環境をそっくりそのまま利用し、地上へ入り込んだ。周りの人間には、俊を彼だと認識するよう、母が魔界から最後に強固な暗示をかけた。

魔力がゼロでなければ、人界には降りられない。

ゆえに、ここで地獄の関係者に会う危険性はなかった。ルクレッツィアこと、西島俊は本当の自由を手にする予定でいた。だが、今ではこの有様だ。

どこに行っても、俊には安息がないらしい。

桜花は俊の目を覗《のぞ》きこんだ。しばらくして、彼女は大きく頷《うなず》いた。

「なるほど……嘘《うそ》を言っているわけではないようです。大変な目にあいましたね」

「信じるのか？」

「嘘を見わけるのは得意ですから、私」

「肉体面だけでなく、精神面でも強いってどういうことなんだよ」

無敵ではないかと、俊は桜花に言う。桜花は得意げに笑った。勢いをつけて、彼女は立ちあがる。ふわりと、紺色のスカートが浮いた。中から白色の下着が覗く。

呆《あき》れながら、俊《しゅん》は事実を告げた。

「残念なお知らせだが、見えたぞ」

「細かいことはお気になさらず！　今度はスパッツを忘れません！　で、です」

腰に手を当て、桜花は振り向いた。堂々と、彼女は胸を張る。

そして当然のように、桜花は言った。

「君の人生は今まで大変だったようですので、私がこれから最高にしてあげますよ！」

「なんて？」

「ようは簡単です！」

桜花櫻《おうかさくら》は続けた。

笑って、
満面の笑みで、

「もう心配いらないよ、ってことです！」

私が君を守ってあげますから！

瞬間、俊の脳裏にはある光景がフラッシュバックした。

もう心配いらないのよと、白い手が頭を撫《な》でる。貴方《あなた》は生き延びられるからと、母が笑う。彼女は血塗《ちまみ》れの姿をしていた。人界に続く門へ辿《たど》り着くまでに、母は大きな犠牲を払っていた。そうして最後に、彼女は付け加えたのだ。

守ってあげられなくて、ごめんね、と。


「だから、もう何も心配は……って、なんで泣いてるんですか！」

「……悪い、ごめん」

短く、俊は応える。涙を止めることができずに、彼は泣き続けた。

桜花は困った顔をした。だが、彼女は意を決した顔で動きだした。

おずおずと、桜花は手を伸ばす。ゆっくりと、彼女は俊の頭を撫で始めた。泣かなくても大丈夫だと訴えるように。不器用に、桜花は体温を伝えてくる。

その様が、記憶の中の母の姿に重なった。

優しい手を振り払うことなく、俊は繰り返す。

ごめんと、彼は呟《つぶや》く。こっちの方こそごめんと、何度も、何度も。

守ってあげられなくて、ごめんと。
何度も、何度も。

第七章

守ってあげられなくて、ごめん。

その言葉は、以前は母に向けたものだった。だが、今では違う意味を持っている。

西島俊《にしじましゅん》は、守れなかった。

だから、今、彼はここにいる。


「敗れたな」

「ああ」

『骨の塔』の地下室にて、俊とネロは言葉を交わした。ネロは玉座に着いている。俊は壁にもたれていた。他に声はない。暗闇は、二人の圧縮された感情をいくらでも呑《の》みこんだ。

頬杖《ほおづえ》をつきながら、ネロは告げる。

「次に負ければ、貴様の命はなくなるのぅ。わかっておるのか？」

「わかってる！　だが、それ自体はどうでもいい！　俺の命よりも桜花の救済だ！」

俊は声を荒らげた。無謀な戦いの末の死など覚悟の上だ。だが、結果として桜花を救えないことだけは恐ろしかった。彼女が永遠の苦痛の中にあり続けることなど許せはしない。

爪を噛《か》みながら、俊《しゅん》は先日の戦いを反芻《はんすう》した。

彼は、エリザベートに最期に告げられた言葉を思い出す。

『愛《いと》しい娘がいるのならば取り戻しなさい。全ての悪徳に奪われることのないように』

「必ず、取り戻してみせる」

そう、俊は決意と共に呟《つぶや》いた。

彼の心は焦りに捕らわれる。その時だ。

「なぁ、殺してもよいかのぅ？」

「えっ？」

予想しない言葉が聞こえた。

次の瞬間、俊は首筋に鎖を巻きつけられた。勢いよく、彼は石畳の床に叩《たた》きつけられる。目の前に星が散るのを、俊は覚えた。彼は瞬《まばた》きをくりかえす。ネロの仕業だろう。見れば、彼女は鎖を手に持ったまま彼に近づいてくるところだった。更に、俊は衝撃を受ける。ネロに腹を踏み躙《にじ》られたのだ。厚い靴底が、肉に深く食いこむ。俊は苦悶《くもん》の声をあげた。

「な、に……を」

「道化は踊り続けてこその道化であろうが。この腑抜《ふぬ》けめ」

ネロは唾を吐き捨てた。更に、俊の臓腑《ぞうふ》を潰した後、彼女は足を離す。

何度も、俊は咳《せ》きこんだ。その様を冷たく眺めながら、ネロは続ける。

「桜花とやらを救おうとする執念も、また見世物には値しようぞ。だがな、己の命を焦って蔑《ないがし》ろにする者が、勝てる戦と思うでないわ。死にたいのならば、話は別であるがなぁ」

腕を組んで、ネロは俊を見下ろす。だが、次の瞬間、紅《あか》いドレスを揺らして、彼女は屈《かが》みこんだ。意外なほど、静かな瞳が俊のことを映す。彼の顎先に指をかけ、ネロは囁《ささや》いた。

「悪足掻《わるあが》きこそ、輝くもの。崖に指を立てるかのごとく生き延びよ。爪が剥《は》がれ、血が流れてもなおしがみつくことで得られるものもあろうて」

「……ネロ」

「なんだ？」

ぐるぐると、俊は考えた。ネロの行動は暴力的で、言葉も乱暴だ。だが、それだけではない、『何か』を感じさせる。もしや、と彼は口を開いた。

「お前、もしかして……俺のことを心配してくれてるのか？」

「うん？　そうだが？」

否定されるかと思ったら、あっさりと肯定が返った。思わず、俊は頭を抱える。

ネロの気遣いはあまりにもわかりにくい。

「お前な、言い方ってものが……いや、違うな、悪い」

俊は首を横へ振った。己の両頬《りょうほお》を叩き、彼は頷《うなず》く。

「お前の言う通りだ。気合を入れ直すよ」

「そうするがよい。踊れ、踊れ。足がもげてもなお、踊れ」

「それに俺が負けたらお前も死ぬんだよな。すまなかった」

俊《しゅん》は頭を下げた。彼はネロの代理だ。俊が敗北すれば、自動的にネロの死も定まる。それにも拘《かかわ》らず、桜花の救済だけにしがみつく姿は、彼女から見ればさぞかし苛立《いらだ》たしかったことだろう。俊はそう考えたのだが、ネロは首を傾《かし》げた。

「ああ。そこはどうでもよいのだ。妾《わらわ》は死ぬことに抵抗ないし」

「いきなり、凄《すご》い爆弾発言ぶっこんできやがった。人に自分の命に執着しろと言いながら、それはないだろ？」

「そう言われてものぅ。命より愉悦を取る女だからこそ、貴様に代理を託したわけだし」

「確かにそこを言われるとなぁ……」

もやもやしたまま俊は口をつぐむ。ネロも何も言わない。

微妙な沈黙が、場を満たした。数秒後、俊は口を開いた。

「俺は、お前に死んで欲しくはないって思うぞ」

「なんで？」

「なんで、って」

「妾のことなど、貴様にとってはどうでもよかろうよ？　違わぬか？」

「そんなことはないぞ。こうして力を貸してくれるのは、ネロだけだ」

「まあ、そういう価値は、妾にはあるなぁ。確かに、確かに」

うんうんと、ネロは頷《うなず》く。やはり、根本的なものが伝わっていない気がした。ネロとの付き合いは短い。彼女は不吉な女性でもある。だが、俊はネロに親しみを覚え始めていた。

彼は先を続けようとする。

「そうじゃなくてだ、なぁ」

その時だ。地下室の水晶球が光りだした。ネロと俊は顔を撥《は》ねあげる。エンドレアスが次の『駒』を選んだのだ。駆け寄って二人は光る文字を覗《のぞ》きこむ。そして彼らは絶句した。

失楽園の蛇

「……地獄自体に宗教はない。神は天界に棲《す》むものだからな。だが、多くの人間が信じる強固な逸話は力を増す。まさか、ここで『原罪』と関わりのある者を持ってくるとは……エンドレアスも魔力のほとんどを使うはずだ。勝負に出たな」

ネロは軽く歯噛《はが》みした。俊は言葉を返せなかった。

改めて、彼は体内の魔力量を探る。エリザベート・バートリーは『人間の』中では強大な悪だった。以前のネロの指摘通り、俊は全魔力の半分を消費している。

同じ格の悪人は呼べない。

それでいて、俊《しゅん》は『原罪』相手に勝利しなければならないのだ。

「……あの本、貸してくれ」

「ああ、よかろう」

ネロは人と魔獣の皮で装丁された書物を取り出した。そのページを、俊は取り憑《つ》かれたようにめくっていく。やがて、彼は『特別収容』と書かれた欄で指を止めた。

記された名前と備考までをも、俊は何度も読む。今度こそ、失敗はできない。第一回戦でわかったことは、卓越した悪人であることより、相性の重要性だ。彼はそれを吟味する。

俊は自身の持つ知識を総動員した。いけると判断する。

そして、彼は宣言した。

それは傍《はた》から見れば、恐らく理解不可能な選択だ。だが、迷いなく、彼は言う。

「こいつにする」

夜《よ》長姫《ながひめ》

それは、本来収容に足る悪人ではない人物だった。

だが、彼女もまた永遠の牢獄《ろうごく》の中に囚《とら》われている。

かくして、運命は定まった。

原初の誘惑者と可憐《かれん》なる姫君は殺し合う。

盤上の戦闘遊戯、第二幕の始まりだった。

第八章

夜長姫《よながひめ》とは。

坂口安吾《さかぐちあんご》の小説、『夜長姫と耳男《みみお》』の登場人物である。

そう、彼女は実在しないのだ。だが、地獄の坩堝《るつぼ》は、『本当に存在するか否か』は問うことなく、人の認識上に根を張る存在を全て取りこむ。

そのため、夜長姫は永久牢獄《コキュートス》に囚《とら》われていた。だが、ここで別の疑問が発生する。

夜長姫は死を楽しみ、童女の笑顔を見せる娘だった。彼女は静かで無邪気で、この上なく恐ろしい者、である。


だが、夜長姫は悪人ではない。


作中で、彼女はいくつかの罪を負っていた。だが、地獄の永久囚人として『駒』に刻まれるには足りない程度だ。だからこそ、夜長姫は『特別収容』扱いを受けている。

彼女の備考欄には、その詳細が記されていた。

また、俊《しゅん》は人間界に降りた時に読んでいた、夜長姫の物語の情報をそれに重ね合わせた。魔力異常があるからこそ得られた知識を、彼は総動員する。

結果、俊はある判断をくだした。

自分の計画に、彼は全てを賭けることにする。

そのためには、エリザベートの時と同様に、今度は夜長姫を招かなくてはならなかった。

『骨の塔』の地下室にて、ネロと俊は血文字の準備を終える。

真ん中に立ち、俊は言葉を唱え始めた。

「侍《はべ》れ、我が下へ。下れ、我が下へ。跪《ひざまず》け、我が下へ。牢獄《ろうごく》を出ることを許す。鎖を切ることを許す。この我が許す。集え、我が下へ。ルクレッツィア・フォン・クライシスト・ブルームが求める――――」

紅《あか》い糸が何本も立ちのぼった。だが、今回もまたそのほぼ全てに用がない。

あまり血塗《ちまみ》れていない糸を、俊は必死で探した。前回の経験で、コツは掴《つか》んでいる。

『特別収容』者との儚《はかな》い繋《つな》がりを、彼は切実に求めた。

「童女のごとき姫よ。愛らしくも恐ろしい娘よ。そなたの罪を我は背負えぬ。それでも来れ、我が下へ。死を受け入れたそなたの命を、我がもらう――――」

目の前に、不意に白い糸が翻った。

ところどころが血濡《ぬ》れたそれを、俊は掴む。

――――青空の下に、高楼が見えた。

そこから、愛らしい姫が村中を見つめている。

かつて疫病が蔓延《まんえん》した際、彼女は死体を指さして言ったのだ。

『私の目に見える村の人々がみんなキリキリ舞いをして死んで欲しいわ。その次には私の目に見えない人たちも。畑の人も、野の人も、山の人も、森の人も、家の中の人も、みんな死んで欲しいわ』

彼女は悪人でこそないが、恐ろしい女だ。とても人の物差しでは計れない人間だった。

それでも、俊《しゅん》の視線に気がつくと、夜長姫《よながひめ》はにこりと微笑《ほほえ》んだ。

彼女は童女そのままの笑顔を見せる。それに勇気づけられ、俊は言葉の続きを口にした。

「我が軍門に降《くだ》れ、夜長姫！　褒美はその掌《てのひら》に！　栄誉はその王冠に！　あますところなく与えよう！」

愉快そうに、夜長姫はコロコロと笑う。

やはり、童女めいた仕草で、彼女は手を伸ばした。恭しく、俊はその掌を取る。

瞬間、高楼は一気に燃え落ちた。鎖の切れる音も響く。

後には着物姿の、世にも美しい娘が立っていた。

「夜長姫」

儂はその名を呼ぶ。

やはり、ただただ楽しいことが生じたかのように、夜長姫は笑った。

＊＊＊

「ほう、可憐《かれん》な姫ではないか。清楚《せいそ》でありながら、少女的な残虐性と神性を感じさせるな。なかなかに妾《わらわ》好みではあるが、使った魔力は三分の一以下だぞ。この童女、戦えるのか？」

「彼女は戦えない――だが、そこにこそ勝機がある」

ネロの言葉に儂は応えた。問い返すことなく、ネロはほうっと笑う。その間にも、夜長姫はきょときょとと辺りを見回した。儂の上で視線を留《とど》め、彼女は愛らしく小首を傾《かし》げる。

「私を呼んだのはお前？　何故《なぜ》、私を呼んだの？」

夜長姫は問いかける。ある意味、話は早かった。儂は口を開く。

「貴女《あなた》の力がどうしても必要なんだ」

俊《しゅん》はエリザベートにもした話を繰り返した。

だが、途中から、夜長姫《よながひめ》はあからさまに話に飽き始めた。俊は思う。エリザベートの聞きかたよりも余程ひどい。物語の通りに、夜長姫は自由気ままな気質らしかった。

俊が語り終えたときには、彼女は愛らしい目をうとうとと閉じかけてさえいた。

その隣ではネロも一緒に舟を漕《こ》ぎ始めている。肘でつつき、俊は彼女を起こした。

話が終わったのに気がついたのか、夜長姫も目を開く。彼女は瞬《まばた》きをくりかえした。

「あまりに退屈なお話だわ。これなら、高楼の牢獄《ろうごく》に閉じ込められていた方がまだましです。それに、私は富はいらないわ。貴方の言うことは聞けません」

その言葉に、俊は慌てた。だが、夜長姫は作中にて『一夜ごとに二握りの黄金を百夜にかけてしぼらせ、したたる露をあつめて産湯をつかわせたと云《い》われていた』娘だ。

確かに、今更、あらゆる富に興味などないだろう。ならばと、俊は口を開く。

「望みは」

「ないわ」

返事は簡潔で明瞭だった。姫は童女の残酷さで、退屈しきった目をする。

謡うように、ネロが面白そうに言った。

「富も名誉はいらぬ。望みもないときたか。これぞ姫と言ったところよのぅ。万策尽きた

とも見えるが……さてはて、貴様はどうするのだ？」

「安心してくれ。交渉の余地はある」

悪人を呼び直す余力はない。何よりも、第二回戦は絶対に夜長姫《よながひめ》でなければならない理由があった。この話は受けてもらわなければならない。

幸いなことに、俊《しゅん》には切り札があった。

「貴女《あなた》には戦ってもらわなければならない。それには理由がある」

「どんな理由かしら。特別なものなら聞いてみたいわ」

「俺達が相手にするのは『蛇』だ」

夜長姫は目を細めた。その顔に確かな満足が浮かぶ。今、招きを受けたことを彼女は喜んでいた。そっと、夜長姫は己の胸の上で掌《てのひら》を重ね合わせる。その上で、彼女は語るのだ。

「そろそろ、私も『会いたい』と思っていました。『蛇』の相手ならばうってつけ」

ネロは眉根を寄せた。彼女にとっては意味のわからない話だろう。

だが、俊は心配はないと頷《うなず》いた。繰り返し、彼は夜長姫に尋ねる。

「俺の招きを受けてくれるのか？」

「ええ、いいわ、貴方《あなた》の話に応えましょう」

「ありがたい、感謝する」

「それに、汗を流しながら頑張って話をするところが、ちょっと『あの人』に似ているわ。

私は気に入りました」

その言葉に、俊は苦笑いをする。だが、ともかく、約束は結ばれた。

ここに、『主《あるじ》』と『駒』の関係は生まれる。

第二幕目の戦場は、もう間近に迫っていた。

第九章

桜が咲いていた。白い花々の下を、桜花が歩く。
『お弁当も作ってきましたから、一緒に食べましょうね』
弾んだ声で、彼女は言った。楽しそうに、桜花は肩から下げた鞄《かばん》を叩《たた》いた。
彼女と俊《しゅん》は共に過ごした。
そうして、色々なことが起きて、
俊は約束をしたのだ。
ひとつの、約束をした。
必ず、
必ず、桜花櫻《おうかさくら》を――――。

そこで、俊はゆっくりと目を覚ました。
物置部屋の雑然とした光景が、視界いっぱいに広がる。『骨の塔』内で、まともな寝台を備えた部屋は、ネロの私室のみだ。また、彼女は新たな寝台を作ろうとはしなかった。

ケッケケッケッと笑い、ネロは俊に毛布とクッションを投げ渡した。それを使い、彼は硬い床の上で寝起きをしている。痛む背中を伸ばし、俊は額を押さえた。小さく、彼は呟《つぶや》く。

「…………夢、か」

そこにノックの音が響いた。

だが、夢の内容を反芻《はんすう》し、俊は瞼《まぶた》を閉じた。彼は首を横に振る。

「悪いけど、今は一人にしてくれないか？」

「目がさめたら、戸をおあけ」

「だから、」

「私がいるうちに出ておいで。出てこなければ、出てくるようにしてあげますよ」

囀《さえず》る声に布の音が重なった。俊はギョッとする。相手は夜長姫《よながひめ》だ。この会話にも覚えがある。作中で、彼女はこう言ってある男の小屋に火をかけようとしたのだ。

慌てて、俊は扉を開いた。

案の定、夜長姫は布を集めて火を放とうとしていた。

危ないところだったと俊は息を吐く。動揺を呑《の》みこんで、彼は尋ねた。

「なんのご用ですか、姫」

「お前が呼んだせいで、私は退屈よ。なんの足しにもならないでしょうけど、相手をしてちょうだい」

「お望みのままに」

俊《しゅん》はそう答えた。だが、同時に、彼は彼女の退屈を決して癒《いや》せないことを知っていた。

夜長姫《よながひめ》は死を好む。

だが、この『骨の塔』には、彼女の前でキリキリ舞って死ぬものはいない。

独房じみた部屋の中、夜長姫は俊のクッションに腰掛けた。無邪気に、彼女は求める。

「桜花櫻《おうかさくら》の話をして」

「退屈だと言ったのに、何度も聞きますね」

「ええ、つまらないわ。でも、お前がそれに命を懸けているのは面白く思います」

「物語の通りに、楽しいことを求められる御仁だ」

「ええ、ここに、私の求めるものはないけれども」

「疫病で死ぬ人はいませんからね。では、退屈なお話でもしましょう」

再び、俊は自分と桜花櫻について語り始めた。

二人の短い、幸福で不幸な物語について。

特にデートとも呼べる一幕を、彼は姫に詳細に語り聞かせる。

キラキラと光に包まれたような時間を、俊は噛《か》み締めるように口にした。

やはり、夜長姫は今回も眠りかけた。だが、ハッと目を覚ますと、彼女は俊に告げた。

「『好きなものは咒《のろ》うか殺すか争うかしなければならないのよ』。お前が本当に彼女を好きだったのならば、彼女のために、彼女と争うべきだった」

「……そうかもしれませんね」

俊は応えた。夜長姫の言葉はひとつの真理を突いている。桜花櫻を本当に生かしたかったのならば、彼は彼女の好意と戦うべきだったのだ。だが、俊にはそれはできなかった。それどころか、ある約束まで結んでしまった。

故に、桜花櫻は死んだのだ。

俊は息を詰まらせる。だが、夜長姫はそれに構いはしなかった。話を聞き終えて、彼女は満足したらしい。夜長姫は立ちあがった。見送りに、俊も腰をあげる。彼は出口の扉を開いた。しずしずと、夜長姫は歩く。だが、ふと足を止めて、彼女は尋ねた。

「あと太陽が沈み、昇ったのなら戦いよね？」

「ええ、そうですよ」

「嬉《うれ》しい。もうすぐね。待ちきれないわ」

にこっと、夜長姫は童女の微笑《ほほえ》みを浮かべる。

一時、俊は沈黙した。彼女に向けて、彼は思わず尋ねる。

「本当にいいんですか？　戦いが始まれば、貴女《あなた》はその……」

「いいのよ――――さようなら」

きっぱりとお別れの挨拶をして、夜長姫はいなくなる。

後には、俊《しゅん》だけが残された。

太陽は沈み、また昇った。
そうして、運命の時は来た。
地獄の王を定める、一回戦第二幕。

確実に一人は死ぬ、戦闘遊戯の始まりだった。

第十章

エリザベートの登場は、数多《あまた》の罵声と共に迎えられた。

だが、今回の夜長姫《よながひめ》は、困惑をもって受け止められた。

それも当然だ。彼女は悪人ではない。それどころか、夜長姫は戦闘能力を一切持たないのだ。ただ無力な存在の彼女が立つことに、戸惑いの声があがる。

それでも、準備は粛々と進められた。舞台の周縁に結界が張られ、相手も舞台に現れる。

エンドレアスの前で、一匹の大蛇が尾を打った。

伝承によっては、サタンの変じた姿とも言われる。アダムとイヴ――あるいはエバに誘惑を投げかけ、禁断の果実を食べさせたもの。古き蛇だ。

そして、人類は原罪を背負った。

その悪徳は大きく、業は深く、蛇は強大な力を誇る。

こちらを見つめ、蛇は口を開いた。

「おや――愛らしいお嬢さんだ」

その喉から声の溢《あふ》れることに、驚く者は誰もいない。

彼は『あなたがたは決して死にません。あなたがたがそれを食べるその時、あなたがたの目が開け、あなたがたが神のようになり、善悪を知るようになることを神は知っているのです』と囁《ささや》いた者。原初の誘惑者。ならば、喋《しゃべ》れるのが当然だ。

紅《あか》い舌を覗《のぞ》かせ、蛇は続ける。

「私は『おまえは、あらゆる家畜、あらゆる野の獣よりものろわれる。おまえは、一生、腹ばいで歩き、ちりを食べなければならない。』と主《あるじ》に告げられし者。天界からの追放者。故に罪は重く、貴女《あなた》との勝負は一撃でつくでしょう」

俊《しゅん》は思う。蛇の言う通りだった。

実際、この勝負は一撃で勝敗が決するだろう。

「本来ならば、貴女に降伏の誘惑を投げかけるところですが、この場では許されません。私はどのような相手でも呑《の》みこめる。そして蛇は消化が遅い。自害をオススメしますよ」

「お気遣いをありがとう。けれども、安心して」

夜長姫《よながひめ》は微笑《ほほえ》みを浮かべる。絶対に、己の勝てない敵を前にしても、彼女は童女の表情を浮かべた。そして、夜長姫は当然のごとく続ける。

「自害はします。それが私の役割ですもの」

俊は頷《うなず》く。エンドレアスは顔を強張《こわば》らせた。

彼が何かを言おうとした瞬間だった。

運命の鐘が鳴った。
蛇は鎌首をもたげ、
夜長姫の胸には、錐《きり》が突き立てられた。

＊＊＊

それは一瞬の出来事だった。

気がつけば、夜長姫の隣には醜い馬に似た顔をした男が立っていた。

彼は夜長姫を抱き締めながら、その胸に錐を突き立てている。夜長姫は微笑みをもって男を見つめた。白い手がその頬《ほお》を撫《な》でる。

「『サヨナラの挨拶をして、それから殺して下さるものよ。私もサヨナラの挨拶をして、胸を突き刺していただいたのに』」

夜長姫のつぶらな瞳は、男に絶えず微笑みかけた。

思わぬ成り行きだったのだろう。蛇は攻撃をためらった。エンドレアスは手を挙げる。

大会の運営者達に向けて、彼は訴えた。

「審判、招ける悪人は一人のはず。だが、あの男は急に現れた。方法は不明だが、ここに重大な違反が見受けられる」

「違反ではない。夜長姫《よながひめ》は『特別収容』者だ。彼女は永遠の牢獄《ろうごく》に囚《とら》われるほどの悪人ではない。ならば、何故《なぜ》、収容されているのか。考えてもみろ」

夜長姫の罪は、『己をある男に殺させたこと』。

そのうえ、彼女は自分を殺した男と共に地獄の深層へ堕《お》ちることを望んだ。

二人分の罪と知名度が重なり、彼女『達』は『特別収容』者となった。『夜長姫』自体も実は正式に刻まれた名前ではない。ネロの持つ悪人の名簿に本当に記された名はこうだ。


【夜長姫と耳男《みみお》】

備考・己を殺させた者と、殺した者。その関係性上、夜長姫が己の死を望んだ時——彼女の殺害を条件に耳男は現れる。耳男は夜長姫を殺すことで業と魔力が増す。


また、耳男は飛騨《ひだ》の匠《たくみ》で、大量の蛇を裂き殺し、天井に吊《つ》るして、呪いの像を彫った逸話を持つ男だ。彼に向かって、瀕死《ひんし》の夜長姫は続ける。

「『好きなものは咒《のろ》うか殺すか争うかしなければならないのよ。お前のミロクがダメなのもそのせいだし、お前のバケモノがすばらしいのもそのためなのよ。いつも天井に蛇を吊して、いま私を殺したように立派な仕事をして……』」

彼女の目は笑って、閉じた。

ぐっと、俊《しゅん》は唇を噛《か》み締める。夜長姫は人智《じんち》を超越した恐ろしい娘だが、同時に、かつて耳男のため、己を殺させる道を選んだ。彼女の死は、自己犠牲の究極的な形だった。

そこに一瞬、桜花櫻《おうかさくら》の姿がダブって見えた。

夜長姫の胸部に突き立てられた錐《きり》から、俊は目を逸《そ》らす。

姫の死体を抱いたまま、耳男は気を失うかに思われた。だが、彼は呟《つぶや》き始める。

「いつも天井に蛇を吊るして、姫を殺したように立派な仕事を……」

耳男は顔を上げた。その視線の先には、蛇がいる。

嫌な予感を覚えたのか、古き蛇は電撃的に動いた。

彼は瞬時に這《は》い進み、頭から耳男をひと飲みにした。瞬間、ぐっと、俊は手を握った。

蛇は選択を間違えた。彼自身の言った通りだ。

蛇の消化は遅い。

それでも、普通は原罪の魔力を持つ者を内側から殺せはしないだろう。この時点で本来ならば蛇の勝利は確定するはずだった。だが、耳男《みみお》はあらゆる蛇を裂いた逸話を持つ者だ。

更に、彼は夜長姫《よながひめ》に呪いにも似た言葉を囁《ささや》かれている。

蛇を裂いて吊《つ》るすことが、今の彼には可能だ。

全ては、俊《しゅん》の賭けた通りだった。

蛇の背中が、縦に裂けた。生き血が噴出する。

中から錐《きり》を手にした耳男が現れた。真っ赤な姿で、彼は蛇を最後まで裂ききる。


ばしゃりと、死体がふたつに落ちた。


勝負は一撃で終わった。

蛇の予想した通り、ただの一撃で。


「これが答えだ、エンドレアス」

俊は告げる。蒼《あお》い目に憎悪の光を湛《たた》え、エンドレアスは彼を見つめる。

臆することなく睨《にら》み返し、俊は続けた。


「下位の者を舐《な》めるから、こうなるんだ」

第二幕、失楽園の蛇VS夜長姫《よながひめ》と耳男《みみお》。
勝者、耳男。
古き蛇は、再び地獄の底を這《は》い続ける。

間章・過去2

桜花櫻《おうかさくら》の話をしよう。

次は、彼女との思い出について。


「と、言うわけで、私とデートに行きましょう」

「何が、『と、言うわけで』なんだ？」

いつもの屋上で、俊《しゅん》は尋ねる。だが、桜花は満足に聞いていなかった。

何やら、彼女は頷《うなず》いている。どうやら一人で納得している様子だ。重ねて、俊は尋ねる。

「どうして、俺達がデートに行くんだ？」

「水族館と遊園地と近場の公園とどこがいいですか？」

「この子、人の話を聞いてくれない」

半ば呆《あき》れながら、俊は言った。

それに、桜花は頬《ほお》を膨らませる。心外ですと、彼女は唇を尖《とが》らせた。

「どうやら、君は今までたくさん辛《つら》い目にあったみたいです。だから、楽しい思い出を新しく作ってあげようとしてるんじゃないですか」

「それで、何故《なぜ》、デート？」

「可愛《かわい》い女の子とデートできるって、それこそ楽しい思い出でしょ？」

己の両頰《りようほお》に指を当て、桜花は言う。確かに、その顔は十人が十人とも賛同するだろうほどに可愛らしい。だが、そういう問題ではなかった。軽い頭痛を覚え、俊《しゆん》は額を押さえる。

「だから、俺には構わないほうがいい。いつ、お前にまで危害が及ぶかわからないんだぞ」

「ははーん、さては照れてますね」

「本気で話が通じないな」

俊はチベットスノギツネのような顔をする。その前で、桜花は照れなくてもいいですよー、とポーズをつけた。だが、一転して、彼女は真剣な顔で付け加えた。

「楽しい思いを、少しはした方がいいですよ」

「なんで」

「君は殴られているときですら、どこか悲しそうな顔をしていましたから」

自分の方がよほど悲しそうな声で、桜花は囁《ささや》いた。その口調に、俊は言葉を失う。

思わず、彼は黙りこんだ。その隙を突くように、桜花は続ける。

「だから、遊びましょう。いっぱい、私と思い出を作りましょう」

「お前とか？」

「不服ですか？」

桜花は風に揺れる銀色の髪を押さえた。彼女は微笑《ほほえ》む。柔らかく、笑う。

その表情を眺めながら、俊は思わず返した。

「いいや、十分だ」

その返事に、桜花は目を見開き、
とてもとても嬉《うれ》しそうに笑った。

今ならば、俊にはわかる。
彼の、これら全ての隙が、
最終的に、桜花櫻《おうかさくら》を殺したのだ。

◆◆◆

「せっかくのデートなのに、手近な公園を選ぶなんて、華がありませんね」

「いいだろ、別に。お前と遠くに行くっていうのもなんだか落ち着かない」

「おや、私には常に身近な存在でいて欲しいと？」

「言ってないんだよなぁ」

数日後。

ろくでもない会話を交わしながら、俊《しゅん》と桜花は連れ立って歩いていた。

二人は、学校近くの緑地公園を訪れている。

市民の憩いの地として慕われている場所だ。

園内には緩やかな散歩道が延びている。高台まで、それは続いていた。沿道には花々や桜の木が植えられている。そのひとつひとつが、見事に咲き誇っていた。

素晴らしい色彩を眺めながら、桜花は目を細める。

「綺麗《きれい》です。それに春の匂いがしますねぇ」

花の香りの混ざった空気は温かかった。それを吸いこみ桜花は声をあげる。俊も頷《うなず》いた。

確かに、今の人の世界は美しい。

辺りを満足げに見回して、桜花は頷いた。彼女は肩から担いだ、大きな鞄《かばん》を叩《たた》く。

「お弁当も作ってきましたから、一緒に食べましょうね」

「マジかよ。だからそんなに大荷物だったのか……待て、二人分にしては多くないか?」

「昔ながらの重箱仕様です。お楽しみに」

「気合を入れてもらって悪いな。材料費は後で払うよ」

「いえいえ、それは無粋ですのでお気になさらず」

「あと、持つ」

「大丈夫ですって」

「いいから」

　そう言って、俊は半ば無理やり鞄を受け取った。肩から下げると、彼は問答無用で運びだす。両手を後ろに組み、桜花は唇を尖《とが》らせた。

「私より弱いくせに、かっこつけますよね」

「弱いのは本当だが、別にかっこつけてるわけじゃないぞ」

「でも、実際かっこいいですよ」

「お前のかっこいいの基準がわからない」

「優しい人はかっこいいですよ」

　さらりと、桜花は言った。ふむと、俊は考える。果たして、それはかっこいいの基準として正しいのだろうか。彼が悩む間にも桜花は続けた。

「だから、君はかっこいいです」

「俺は優しくもかっこよくもないんだが」

「女の子の褒め言葉は素直に受けておかないと罰が当たりますよ」

　ふふんと、桜花は何故《なぜ》か胸を張った。はいはいと、俊は聞き流す。二人は桜並木の道を歩いた。風が吹く。白い花弁がひらひらと散った。たたっと前に走り、桜花は腕を広げる。

そのまま、彼女は振り向いた。
「綺麗《きれい》ですねー！」
そのとびきりの笑顔の方が、
よほど綺麗だと俊《しゅん》は思った。

◆◆◆

数十分後。

公園の高台にて、俊と桜花は柵の傍《そば》に設けられた机に陣取っていた。

目の前に、桜花はお弁当を広げている。

お重の中には、彩り豊かなおむすび各種に唐揚げやタコ型にされたウィンナー、卵焼きなどの定番のおかずが詰められていた。かと思えばポテトグラタンやスモークサーモンのマリネもある。どれから食べればいいのか、悩むような豪華さだ。

「さあ、召しあがれ」

「いただきます」

「どーです、どーです。前日から仕込んで、めっちゃ早起きした甲斐《かい》があるでしょう？」

「ああ、これは凄《すご》いな……何から貰《もら》おうかな」

まずはと、俊は唐揚げに箸を伸ばした。彼はひとつを口に放りこむ。醤油《しょうゆ》の香ばしさと肉の旨味が口内を満たした。夢中で、彼は食べる。続けて、俊はふたつ目を掴《つか》もうとした。

その時だ。

「どうして、貴方《あなた》は幸せそうなの？」

暗い声が響いた。俊達は顔を跳ねあげる。

いつの間にか、高台には、他に見覚えのある人間がいた。

黒髪に陰りのある表情をした、同級生の女生徒だ。一時期、何を思ったのか俊につきまとっていたが、桜花の登場から後は姿を隠していたはずの人物だった。

そのはずが、今、彼女はナイフを手に立っている。

何かに憑《つ》かれたような顔をして、女生徒は言った。

「貴方は私と同じはずでしょう？　私と同じ、不幸の星の下に産まれたはずでしょう？　それなのに、なんで最近ずっと笑ってるのよ！」

「……結局、これか」

俊は溜息《ためいき》を吐《つ》いた。どこまで行っても、魔力をゼロにしている魂の『空白』は消えない。その虚《うつ》ろに惹《ひ》かれる暗闇は後を絶たなかった。流石《さすが》に、ナイフを持つ人間の相手はさせられない。俊は桜花の前に出ようとした。だが、その時には、既に彼女は立ちあがっていた。躊躇《ためら》いなく、桜花はナイフの前に佇《たたず》む。

「おい、桜花！　下がれ！」

「ナイフなんて持って、あなたはどういうつもりなんですか？」

「桜花！」

「何が不幸の星の下ですか。人の幸福を前にナイフを持ち出す人間はそりゃ不幸でしょうよ。救いようがありませんね。それに、何が同じなんですか。彼は優しい！　だから、幸せになるんです！　これからめいっぱい、彼は私と幸せになるんですよ！」

桜花は叫んだ。その言葉には、真剣で切実な祈るような響きがある。だが、今は挑発でしかない。黒髪を振り乱し、女生徒は低く呻《うめ》いた。ナイフを持ったまま、彼女は突進する。

とっさに俊《しゅん》はその直線上から桜花を突き飛ばした。彼の胸に、女生徒が飛びこんでくる。

「俊君！」

桜花は叫んだ。

初めて名前を呼ばれたなと、俊は思った。

血飛沫《ちしぶき》はあがらなかった。危ういところで、俊は女生徒の手首を掴《つか》んだのだ。だが、凄《すご》い力で、相手は両腕を押しこんでくる。じりじりと高台の柵の前に、俊は追いつめられた。

更に、女生徒はナイフを突きだす。

「あっ」

そこで彼女は大きくバランスを崩した。高台の柵を乗り越えて、女生徒は落ちそうになる。俊はそれをかばった。彼女の腕を掴み、引き寄せる。反動で、彼は代わりに落下した。

桜花が走り寄ってくる。だが、間に合わない。

俊を助けられないと知った途端、
桜花は彼を追って自分も飛び降りた。

「──────はぁ？」

俊は呆気《あっけ》に取られる。銀色の髪がなびいた。俊を捕まえようとするように、桜花は腕を伸ばしてくる。細い手首を咄嗟《とっさ》に掴み、彼は彼女を引き寄せた。胸の中に、俊は桜花を抱き締める。違うと言うように、桜花はもがいた。だが、それを無視して、彼は落ちていく。

そして、地面に着いた。

緑地に、二人は受け止められる。

実は、公園内の高台は柵こそ設けられているものの、それほどの高さはないのだ。

ゴロゴロと転がって、二人は止まる。他の散歩客がざわめく中、俊と桜花は口を開いた。

「だ、大丈夫か、桜花」

「馬鹿ですね、君は」

「何が」

「本当は、私が君のクッションを務めるはずだったのに」

「馬鹿はお前だ。そこは逆でいいんだ」

話しながら、二人は互いに大きな怪我《けが》はないことを確かめた。高台を見上げれば女生徒の姿はない。どうやら逃げたようだ。俊《しゅん》は溜息《ためいき》を吐《つ》いた。彼は桜花に何を言うべきか悩む。無謀に怒るべきか、真摯な言葉に礼を言うべきか、はたまた謝るべきなのか。

だが、葛藤の末、俊は全く違うことを告げた。

「なぁ、桜花」

「なんですか？」

「戦い方を、教えてはくれないか？」

それは意外な言葉だったのだろう。

桜花は目を丸くする。彼女に向けて、俊は告げた。


「俺はお前を守れるようになりたいんだ」

これから先も、
幸せになるまで、
一緒にいるには、桜花を守る必要がある。
自然と、俊はそう考えたのだ。いつの間にか、その心は彼の中で育っていた。桜花を守

りたい。ただ無気力に、全ての暴力に対して無抵抗でいる時はおしまいだった。

呆然《ぼうぜん》と、桜花は俊《しゅん》を見つめている。

蒼《あお》色の目に、大粒の涙が浮かんだ。

「ど、どうしたんだ、桜花？　何か嫌だったか？」

「そんなこと……そんな嬉《うれ》しいこと、初めて言われましたよ」

土と草まみれの姿で、桜花は泣く。

そうして、彼女は語りだしたのだ。

桜花櫻《おうかさくら》という、人間の物語を。

◆◆◆

桜花櫻の人生は、否定と拒絶から始まった。

彼女の悲劇は、母方の祖母の色素の薄さが、隔世遺伝した時から始まった。祖母と不仲だった両親は、それでも桜花の世話自体はちゃんと行ったという。だが、彼女が少しでも『自分』を主張し、構ってもらおうとすると殴られ、蹴られ、殺されかけた。

つまり、桜花櫻は『いながらいないもの』とされたのである。

彼女の特異なところは、それでも感情の死ななかったことだ。

ある意味では、桜花櫻は異常者と言えるのかもしれない。あろうことか、彼女は自分と同じ境遇にある子供を守りたいと考えるようになったのだ。十にも満たない歳《とし》で、である。

その考えは、武芸に秀でた、父方の祖父に一時的に預けられたことで加速した。

祖父は未《いま》だ心が戦時中にあり、桜花に戦い方を仕込んだ。幼い子供に行うには鍛錬は過酷を極めたが、桜花は気にしなかった。

祖父は自分を『いないもの』としては扱わなかったからである。

やがて、祖父の死と共に桜花は家に帰された。

突然、両親に本格的に殺されかけ、桜花が包丁を奪い、刺す寸前で止めたのは、彼女が十四歳の時の出来事である。以来、両親は腫れ物を扱うように、彼女に接するようになった。生活環境は改善したが、桜花はバイトを始め、一人暮らしのための貯金に勤《いそ》しんだ。

同時に、桜花は目に入る全ての『かわいそうな子』を助けて回った。

壮絶ないじめの加害者を次々にボコボコにし、学校に呼びだされた。だが、桜花はいじめが完全になくなるまでは決して折れなかった。常に、彼女は被害者に寄り添い続けた。

そうして、桜花は何人かの友達を作った。

だが、そのうちの一人に、言われたのだ。

『櫻《さくら》ちゃんは変だよ。人のためにそこまでするって、どこかおかしいよ。まるで、誰か不幸な人を見つけないと生きていけないみたい』

驚いたことに、桜花《おうか》の助けてきた子達は、皆それに賛同した。
彼女達は桜花から離れた。
桜花は、一人になった。
同時に思い知ったのだ。

桜花櫻は壊れている。
それも、ずっと昔に。

絶望を抱えて桜花は過ごした。ある日、彼女は孤独に屋上で菓子パンを食べようとした。
そこで、一人の少年に出会ったのだ。

彼は、小さな頃の桜花と同じ目をしていた。
本当は誰よりも自分を助けたかった子供と。

気がつけば、彼女は動いていた。そして、彼のヒーローを自称した。

そう、今も昔も、桜花櫻の望みはひとつだけ。

彼女は誰かの正しいヒーローになりたかった。

そうして、いつしか自分自身を救いたかった。

「だから、私は、君を救うことで、本当は自分を救いたくて……君を幸せにすることで自分が幸せになりたくて……そんな人間なんです。だから、私には君に守ってもらう価値なんてないんです。だから」

「桜花」

強く、強く、強く、俊《しゅん》は桜花を抱き締めた。

そうして、有無を言わせず、彼は彼女に告げた。

「俺がお前を、一生幸せにするよ」

そう、西島《にしじま》俊の願いもひとつきり。

彼は彼女を幸せにしたかったのだ。

本当の本当に、
幸せに、
したかった。

ただ、それだけだったのだ。

第十一章

幸せにしたい人がいた。

今では、救いたい人がいる。

この勝利はそのためのものだった。


だが、ネロの方にはそうした感慨は皆無らしい。気だるげに、彼女は言った。

「勝ったのぅ」

「感動もリアクションも薄いな」

『骨の塔』の地下室にて、ネロと俊《しゅん》は言葉を交わした。

相変わらず、ネロは玉座に着き、俊は壁際に立っている。ふむと、ネロは頬《ほお》を掻《か》いた。

「いや、勝利は純粋に喜ばしいのだが……奇天烈《きてれつ》な戦いも楽しめたしなぁ。アレは元の話を知っていたがゆえ……人の世に降りていた経験を活《い》かした奇策であった。道化の踊りとしては最上級よ。褒めてつかわす」

「なら、もっと喜んだらどうなんだ？」

「うーん、妾《わらわ》、歓喜も愉悦も己の中で完結するタイプだし」

「お前はテンションが高いんだか低いんだかよくわからない女だな」

「よく言われる」

しみじみとネロは頷《うなず》いた。流石《さすが》『怠惰と狂騒のネロ』だ。彼女は気分ひとつで苛烈に振る舞ったかと思えば全てに対して気だるくなるらしい。やる気なく、ネロは両腕を開いた。

「勝利の抱擁とか欲しいのであれば、やってやるぞぉ」

「いらねぇよ」

「別に、胸に顔を埋《うず》めたところで、妾は怒らぬし」

「怒れよ」

「我ながら触り心地はいいからのぅ。他者が触りたくなるのも仕方あるまいて」

「なにを頷いてるんだよ」

「まあ、いらぬのならば、妾は気だるいままでいくこととする」

「もうそれでいいよ」

俊《しゅん》は投げやりに答える。だが、なんだかんだで、彼は彼女の態度は嫌いではなかった。

何せ、一回戦第三幕がまだある。浮かれるには早い。

次の勝負でこそ、本当の意味で運命が決するのだ。

エンドレアスの『駒』選定はいつ行われるのか。


二人は沈黙のまま待つ。短くない時間が流れた。痺《しび》れを切らし、ネロが立ちあがる。

「ええい、エンドレアスは何をしておるのだ！　『高慢』が人を待たせをって！」

その瞬間だった。

ギイィッ、と音がした。

地下室の扉が開かれる。

俊とネロは振り向いた。そして、思わず言葉を失った。辿《たど》り着ける実力者に対して、

『骨の塔』は常時開放されている。だが、この来客の訪れを、二人は欠片《かけら》も予想しない。

「失礼。邪魔をするよ」

そこには、怪物の血で濡《ぬ》れた、金髪の青年がいた。

エンドレアス・フォン・クライシスト・ブルーム。

二人の殺し合いの相手が。

＊＊＊

「供の一人も連れずに来たとは……貴様、そんなに死にたがりだったかのぅ」

「邪魔されることなく、君とは一度話をしておきたかったからね。それに第七子の魔力ごときで、私を殺せるはずもない」

エンドレアスは、俊《しゅん》のことは徹底的に無視した。彼は客人としての扱いをネロに求める。三人に、地下室は狭いと判断したのだろう。ネロも了承した。

彼女は俊とエンドレアスを連れ、普段は封印している食堂に向かった。

埃《ほこり》の積もった部屋の中は広く、暗い。天井には火の落とされたシャンデリアがさげられ、壁には交差した剣や地獄の光景を描いた絵画、葡萄《ぶどう》のレリーフなどが飾られていた。

長い食卓の端と端に、エンドレアスとネロは着く。無言で、俊は壁際に立った。

エンドレアスは口を開く。

「最終戦の前に、王としての資質を問いたいと思ってね」

「……ふざけたことをぬかすのぅ。妾達《わらわ》が放り込まれたのは一種の蠱毒《こどく》。戦わなければ死ぬだけの坩堝《るつぼ》よ。その運命を前には資質も大義もない」

「そうだろうか？　私はそうは思わない。最後に生き残るのが一人である以上、王にふさわしき者が勝利を掴《つか》むべきだからね」

エンドレアスは熱を込めて訴える。そのたびに埃が舞った。蜘蛛《くも》の巣じみた縁飾りつきのテーブルクロスはそれだけ汚れているのだ。だが、エンドレアスは構いなどしなかった。

服を汚しながら足を組み、彼はネロに告げる。

「問おう。君は王になった後、何をする気だ？」

「何もせぬよ」

迷うことなく、ネロは答えた。それも当然だった。あろうことか、ネロは代理でしかない俊に王の座を譲ると明言している。そこで、俊もその問題に気がついた。

彼にも地獄を統治する気はない。

あくまでも、俊の目的は桜花《おうか》の救済だけだった。

（勝つつもりならば、そこも考えておくべき……なのか？）

俊は考えこむ。弱肉強食の地獄には、苦しむ者が多くいる。そのことについても、彼は向き合うべきなのかもしれなかった。

一方、ネロの答えに、エンドレアスは眉根を寄せた。蒼《あお》の瞳に、彼は侮蔑の感情を浮かべる。吐き捨てるように、エンドレアスは言った。

「流石《さすが》、『怠惰と狂騒のネロ』か。王国の正しい統治になど興味はないとくる」

「それでは……貴様はどうするつもりなのかのぅ、エンドレアス？　貴様はどう踊る？」

「まず、王の座を脅かそうと画策するものが出ないように、『穢《けが》れた血』を全て処刑する」

ぴくりと俊は肩を揺らした。それは、第九子以下の子供は全て殺害するとの宣告だ。王の落とし胤《だね》のほとんどは無力だ。彼らはただ必死に命を繋《つな》いでいるにすぎないというのに。

エンドレアスの宣言に、ネロは溜息《ためいき》を吐《つ》いた。

「まさか暴君を目指すとはのぅ。いやはや、つまらなくはないが、愉快でもないな」

「その後、私は父君の時より地獄を強い地にしてみせる。天の果てまで、この威光は届くべきだ。ならば、目指すところはひとつだとも」

エンドレアスは指を鳴らした。空中から、彼はグラスを取りだす。そこには紅《あか》い酒が注がれていた。グラスの表面に自信に満ちた己を映して、エンドレアスは囁《ささや》く。

「終末戦争だ――――私は天国をも奪う」

それは永劫《えいごう》と続いてきた、尊き平穏を壊す一言だった。

ゾッと、俊《しゅん》は全身の血が凍りつくような錯覚を覚えた。

天国と地獄の戦争など、正気の沙汰ではない。多くの血が流れ、空は紅く染まり、咆哮《ほうこう》は終わらず、星が降り注ぐ。間に挟まれた人の世には、終わりが訪れるかもしれなかった。

「十分にわかった。貴様よりは妾《わらわ》の方がマシなようだ」

ネロは両腕をあげる。その細い手首を、エンドレアスは不意に掴《つか》んだ。

彼は舐《な》めるような視線をネロに送る。美しい顔を歪《ゆが》め、ネロは囁いた。

「なんだ、その猫の舌じみた、ざらざらした視線は」

「解せない例えだが……ネロ、君は産まれた順番と母上の負っていた罪で七番目だが、血筋自体はかなり高貴だったはずだ」

「そうかのぅ。そうだったかもしれぬが、忘れたのぅ」

謳《うた》うようにネロは応える。俊は驚いた。七番目である以上、ネロの母親は貴族とわかっていたがエンドレアスも認める血筋とは予想しない。その間にも、エンドレアスは続けた。

「第二幕で、私は多くの魔力を失った。それでも、君の代理の『穢《けが》れた血』は私以上にとぼしい魔力しか持たないはずだ。勝機は少ない。それに……君だけならば助けられる」

「何を言う？」

「君が自ら敗北を認めてくれるのならば、戦いを第二幕までで終わりとし、敗者の罪を全て代理の『穢れた血』に押しつけ、処刑。君のことは私の妻として迎えられるよう、大会の運営者達に働きかけよう。どうだろうか？」

エンドレアスは甘く囁く。俊は目を細めた。

俊もそうだが、ネロとエンドレアスは父親が同じだ。二人の婚姻は近親相姦《そうかん》に当たる。だが、地獄では特に問題視はされない。そうすれば、確かにネロの生命は保証されるだろう。だが、彼女の気質上、それを受けるとは思えない。

一体、ネロはどう答えるのだろうか。

黙ったまま、俊は選択を見守る。

にぃっと、ネロは歯を覗《のぞ》かせた。整った顔を下劣といえるほどに崩して、彼女は笑う。

「馬鹿者が！　このネロに、貴様を受け入れるだけの胎《はら》になれと申すのか？　柔らかき肉《にく》襞《ひだ》に徹しろと？　そのようなつまらぬ人生に誰が愉悦を覚える！　妾は『怠惰と狂騒のネロ』！　全てに飽き、混乱だけを求める女よ！　母にも妻にもなれぬわ！」

声高く、ネロは腹を抱えて笑った。下品に、彼女は両足をばたつかせる。

壊れているようなその言動に、エンドレアスは顔を一瞬青褪《あおざ》めさせた。だが、彼が恐怖を上回る怒りに駆られる前に、ネロは告げた。

「それに、だ。嘘《うそ》であろぉ？　エンドレアス？」

「何が、だね」

「大会の運営者達を口説き落とせる者がいるとすれば、それは天性の才覚を持つ者と言わざるをえまい。『王の子』程度の言葉を、奴《やつ》らは聞かぬよ。貴様の言う通りに敗北を認めた途端、妾《わらわ》は処刑執行人に首を絶たれるであろう」

「……それも、尊い犠牲ではないかね？」

「貴様の理想は妾にはゴミ屑《くず》同然故なぁ」

エンドレアスはグラスを床に叩《たた》きつけた。血のような紅《あか》色が広がる。

憎悪を顔に浮かべ、彼はネロに手を伸ばした。

その首筋に、俊は刃を押し当てる。

「そこまでだ」

壁際に飾られていた剣を抜き、俊《しゅん》は魔力を消した上でエンドレアスの背後を取っていた。

エンドレアスは目を見開く。やがて、彼は苦く呟《つぶや》いた。

「……なるほど。魔力異常か」

「まあな。で、どうする。首筋を掻《か》き切られた直後に、ネロの相手までできるのか？」

しばし、エンドレアスは考えた。両腕を挙げ、彼は立ち上がる。俊は細く息を吐いた。

肩をすくめ、エンドレアスは囁《ささや》く。

「そもそも継承戦の盤上以外で、敵対相手を殺すのはルール違反だ。交渉が決裂した以上、私は何もせずに帰るとも」

「そうかそうか、さっさと去るがよい」

「だが、忘れるな、ネロ。勝つべきは信念のある方だ」

瞬間、黄金の風が吹いた。金色は激しく渦を巻き、エンドレアスを包みこむ。豪奢《ごうしゃ》な風の晴れた後に彼の姿はなかった。床の上に、俊は剣を投げ落とす。ネロは唾を吐き捨てた。

後には埃塗《ほこりまみ》れの食堂だけが広がっていた。

＊＊＊

エンドレアスは帰還した。

つまり、彼は次の『駒』を選ぶはずだ。

俊とネロは『骨の塔』の地下室に戻った。水晶球の前で、二人は待機する。

「そろそろかのう」

「ああ……来たな」

やがて、そこにはある名前が浮かび上がった。

表示されたのは、予想外の血文字だった。

二人は顔を見合わせる。ネロの方が、俊《しゅん》よりも先に口を開いた。

「『原罪』で、エンドレアスは大きく魔力を消費したようだ。ここに来て悪人の中でも『人間対人間』の戦いになるとはな」

「ああ。だが、俺の魔力は更に少ない。人間の中でも、著名な悪人はもう呼べない。今回の相手に、もっとも適切な『駒』は……」

今回、俊は書物を手にしなかった。己の知識の中から、彼はこれしかいないという相手を定める。そして、俊は宣言した。

「こいつにする」

セバスチャン・モラン

かくて、最後の運命を託す相手は決まった。

笑おうが、泣こうが、道化の踊りは終わり。

盤上の戦闘遊戯一回戦、最終幕の始まりだった。

第十二章

セバスチャン・モラン大佐とは、何者なのか。

彼は、歴史に名を刻む殺戮者《さつりくしゃ》でも、物語の主人公でも、ライバルでもない。

モランはシャーロック・ホームズシリーズの中の悪人の一人、『空き家の冒険』に登場する、射殺事件の犯人だ。大した悪党ではあるが、永久牢獄《コキュートス》に囚《とら》われるにはギリギリの線と言えるだろう。つまり、彼を招くのに莫大《ばくだい》な魔力は必要ない。

残りの力を使い、俊《しゅん》は彼を招くことを決定した。

「罪人に、王の子が告げる」

地下室に新たな血文字を描き、俊は声を響かせた。前に手を伸ばすと、空中に紅《あか》い糸が泳ぎ始める。だが、今回のそれは俊の魔力不足のせいもあり、少ない。

中から、彼は求める糸を探した。

「侍《はべ》れ、我が下へ。下れ、我が下へ。跪《ひざまず》け、我が下へ。牢獄《ろうごく》を出ることを許す。鎖を切ることを許す。この我が許す。集え、我が下へ。ルクレッツィア・フォン・クライシスト・ブルームが求める――――」

紅い糸が波打つ、踊る。

その渦の中で、俊は目当ての存在へと呼びかけた。

「猛獣狩りの名手よ。犯罪界のナポレオンの腹心よ。卓越した撃ち手よ。百年の罪を我が負う。千年の罪を我が負う。来れ、我が下へ。明晰《めいせき》な頭脳に罪を暴かれ、捕らえられし貴殿を、我がもらう——」

瞬間、俊の目の前で一本の紅い糸が輝いた。それからは硝煙の匂いが香る。

ためらいなく、俊はそれを掴《つか》んだ。


——一般的な牢屋《ろうや》が目に入った。


スコットランドヤードの手により、彼は投獄されている。強靭《きょうじん》だが邪悪な印象を与える顔が、俊を見た。残忍そうな、青い目が光る。

初老に近い年齢の、好戦的な男は動かない。

それに臆することなく、俊は告げた。

「我が軍門に降《くだ》れ、セバスチャン・モラン！　褒美はその掌《てのひら》に！　栄誉はその王冠に！あますところなく与えよう！」

モランは俊に気がつく。だが、やはり、彼は動かなかった。囚人用の寝台に腰かけ、モランは捕らわれ続ける。発作的に、俊《しゅん》は言葉を付け足した。

「望むならば、王冠を貴殿の主《あるじ》に！　捧《ささ》げたくはないのか？」

モランは目を見開いた。彼は手を伸ばす。無骨な掌《てのひら》が、俊の手を掴《つか》んだ。

鎖の砕ける音が響く。

瞬間、牢屋《ろうや》は細かく粉砕された。

俊の前には、彼の捕らえられた夜の凶行の服装——オペラハットを被《かぶ》り、外套《がいとう》と夜会服のシャツに身を包んだ男が立っている。

俊はその名を呼んだ。

「セバスチャン・モラン」

手練《てだ》れの狩猟家。インド随一の腕前を持つ男。

闇夜の狙撃手が、そこにはいた。

＊＊＊

「体内の魔力量が低い……だから、か。あの『こざかしい畜生』に敗れた俺を選んだのは」

開口一番、モランはそう口にした。話が早い。だが、彼を選んだ理由はそれだけではなかった。故に、俊は首を横に振る。必死に、俊は訴えかけた。

「今回の敵相手には、どうしても貴方《あなた》の力が必要なんだ。俺に力を貸して欲しい」

「何故《なぜ》だ？　相手は虎か？」

「詳しくは言えない。戦う時に全てはわかる」

モランはぴくりと口髭《くちひげ》を揺らした。唇に、彼は皮肉げな笑みを讃《たた》える。

「少年、それで俺が言うことを聞くと思うのか？」

「『継承戦』において仕えた相手が王となった時、貢献した『駒』にはなんでもひとつ望みが叶《かな》えられる。先程の貴方の様子からして、望むことはありそうだったが」

ぐっと、モランは言葉に詰まった。彼は逡巡《しゅんじゅん》する。

ネロは紅《あか》い唇を歪《ゆが》めた。笑いながら、彼女は囁《ささや》く。

「ほうっ、望みはあるか。ならば、交渉の余地もあろうというもの。何せ、妾《わらわ》にはこ奴《やつ》がお前を選んだ理由がさっぱりわからぬとくる。他の王候補も、同程度の認識であろうて」

「彼女の言う通りだ。俺は、『モラン大佐』こそ今回の適人であると判断し、貴方を招いた。だが、他の王族が同じように考えることはないだろう……この意味は、わかるよな？

俺に望みを託してもらいたい」

俊は真摯に促す。モランは計るような目を見せた。俊はそれを受け止める。モランにもわかっているはずだ。選択の余地のあったエリザベートとは異なり、モランには他の王候補に呼ばれる可能性はないに等しい。ここで選ばなければ彼の望みが叶《かな》うことはなかった。

やがて、モランは己の望み——その忠心を口にした。

「ジェームズ・モリアーティをライヘンバッハの滝底から救ってもらいたい」

「貴方《あなた》が望むのならば」

迷いなく、俊《しゅん》は応えた。

ジェームズ・モリアーティの永久牢獄《コキュートス》は、かのシャーロック・ホームズと雌雄を決した滝底だ。それを変えることなど王ならば造作もない。

事実を聞くと、モランは意外なことに頭を下げた。

その残忍さを感じさせる容貌とは似合わない口調で、彼は言う。

「ありがたい。ならば、少年のことはSir《サー》とお呼びしよう。望みが叶うまで、俺は貴方の銃だ。思う様、弾丸を放とう」

「貴方の敬意に感謝する。必ずや、俺は王になってみせよう」

俊は応える。ここに、約束は結ばれた。

ここに、『主《あるじ》』と『駒』の関係は生まれる。

最後の幕引きの鐘の音は近かった。

第十三章

夢を見た。
桜花櫻《おうかさくら》の夢だ。
最後の最後、
彼女が美しく笑う夢だった。

「ネロ……酒、ないか？」

「あるにはあるが、貴様、人間世界では高等学校とやらに通っていたのではなかったのか？　酒を飲んでもよい年齢か？」

「今の俺は単なる魔族だよ……頼む」

「ふむ、相当参っておるなぁ。軟弱な奴《やつ》め。だが、同情はしようぞ。ならば、強い酒をくれてやろう。だが、あまり飲みすぎるでないぞ。男の自棄酒《やけざけ》は美しくないゆえなぁ」

「助かる」

そうして俊は透明な瓶を手に入れた。中は紅色の酒で満たされている。酒呑童子《しゅてんどうじ》のことを思い出し、彼は眉根を寄せた。だが、度数こそ強いものの、この酒はただの酒のようだ。

女の血は混ぜられていない。

床の上に広がる鮮やかな紅色を、俊《しゅん》は思い出した。溢《あふ》れでる血の感触が掌《てのひら》に蘇《よみがえ》ってくる。

俊は思う。さぞかし痛かっただろう。苦しかっただろう。それでも、桜花櫻《おうかさくら》は笑っていた。

唇を開き、彼女は最後に囁《ささや》いた。

――[redacted]。

（今は、その言葉を思い出してはいけない）

ふらり、俊は階段に足をかけた。首を横に振りながら、彼は歩き続ける。

（思い出したら、今度こそ心が壊れる）

一人、俊は屋上へ向かった。

その途中で、彼はノミを振るう音を聞いた。

耳男《みみお》が、夜長姫《よながひめ》の姿を像に刻んでいるのだ。

生き残った悪人は、牢獄《ろうごく》から解放されたまま主《あるじ》の下へ残る。

だが、耳男は自由を謳歌《おうか》しようとはしなかった。ひとつの部屋を彼は仕事場と定めた。

そこに耳男は籠りきりとなった。曰《いわ》く、『仕事にかかって後は、一切仕事場に立ち入らぬように願います』とのことだ。夜長姫の童女のような笑顔を、彼は菩薩《ぼさつ》の像に刻むらしい。

以来、彼は誰とも顔を合わせていなかった。

邪魔をしては悪いだろう。カーン、カーンという音から、俊は遠ざかった。彼は石の階段を上っていく。屋上に着き、俊は紅黒い太陽を睨《にら》みつけた。そのまま、彼は酒を呷《あお》った。

炎のような熱に、俊は胃の腑《ふ》を焼かれる。

ふらふらと、彼は前へ歩いた。酒瓶を抱いて、俊は呟《つぶや》く。

「桜花……会いたい……会いたい」

あの春のような笑顔に。

強くて、脆《もろ》い、少女に。

「会いたい……桜花」

「後悔を抱いてらっしゃるのですか、Sir《サー》？」

不意に聞こえてきた声に、俊は顔を上げた。見ればモランが立っている。

彼は空のグラスをふたつ下げていた。それを軽く掲げて、モランは言う。

「Miss《ミス》ネロに、Sirが酒を抱えていったと聞きまして。俺も頂いても？」

「あ、ああ。飲みたいのなら」

俊はモランのグラスに酒を注いだ。深い紅色を、モランはくるりと回す。怪訝《けげん》そうに眉根を寄せ、彼は一口飲んだ。口髭《くちひげ》を歪《ゆが》め、モランは言う。

「見た目はワインですが、全然別の酒ですね。強いばかりで香りはないが、芯はしっかりしていて味は悪くない。なんとも不思議な逸品だ」

「地獄の酒だからな」

俊《しゅん》は返す。それはほとんど答えになっていない。だが、モランは何も言わなかった。しばらく、二人は無言で酒を飲み続ける。だが、突然、モランは先程の言葉をくりかえした。

「後悔を抱いてらっしゃるのですか、Sir《サー》？」

その言葉を聞き、俊は唇を歪《ゆが》めた。モランに向け、彼は吐き捨てるように言う。

「貴方《あなた》にもわかるんじゃないか、この境地は。大事なものを守れなかった絶望は」

「ええ、今、俺が抱いているものと、恐らくそれは似ていますよ」

モランはモリアーティの腹心だった。だが、モリアーティはライヘンバッハの滝底に消え、モランは敵討ちを果たすことも叶《かな》わなかった。シャーロック・ホームズ。世紀の名探偵を殺すことは、モランだけではない、『作者にさえ』できなかったのだから。

「俺はあの人のために何もできやしなかった。『こざかしい畜生』を殺すことすら、無理だった。そうして、あの人は今も滝の底に沈み続けている。だが、俺にも汚名返上のチャンスがようやく巡って来たってものだ」

強く、モランはグラスを揺らした。真っ直《ます》ぐに俊を見つめて、彼は言う。

「Sir の招きにあずかったこと。感謝していますよ」

それに、俊は応えなかった。手をぎゅっと握り、彼は緊張に満ちた面持ちでモランを見つめ返す。俊は口を開き、閉じた。やがて、彼は逡巡《しゅんじゅん》の末に言葉を吐いた。

「全ては勝ってからだ。貴方はモリアーティを。俺は桜花櫻《おうかさくら》を救う」

「ええ、Sirと俺に栄光あれ」

モランはグラスを掲げる。それに応え、俊は乾杯を行った。

二人は一気に紅《あか》い酒を飲み干す。

やがて、日は沈み、太陽が昇る。


『王の子』の一人目を相手にして、此度《こたび》最後の戦いの時がくる。


あと少しで戦闘遊戯が始まる。

その時、俊はモランに殺されるかもしれない。


そう、覚悟を決めながら、俊は準備のために立ちあがった。

第十四章

エリザベートの登場は、罵声をもって。

夜長姫《よながひめ》の登場は困惑をもって迎えられた。

ならば、セバスチャン・モランはどうか。

モランの登場は、野次《やじ》と拍手をもって迎えられた。

つまり、モランの罪は『その程度』であり『大衆の理解の範疇《はんちゅう》』ということだ。俊《しゅん》は不利を自覚する。彼の積んだ業は低く魔力は少ない。エリザベートのような大技は不可能だ。

(だが、そもそも、モランは『射手』だ)

彼は『空き家の冒険』において、ロナルド・アデアを射殺し、シャーロック・ホームズの狙撃を試みている。その腕前はインドで軍務に就いていた際、随一と評された。

彼は手練《てだ》れの狩猟家だ。戦闘能力自体は高い。

問題は、此度《こたび》の相手が決して一筋縄ではいかないことだ。

粛々と準備は進められる。やがて、相手が現れた。

エンドレアスの前に長身痩躯《そうく》の老人が立つ。

深くくぼんだ目と、厳粛な面持ちを持つ人物だ。

瞬間、モランは虚空から空気銃を取りだした。発射音はせず、威力は絶大な武器だ。かつて、彼の主《あるじ》が盲目のドイツ人技師に造らせたものだった。

その銃口を、モランは俊に向ける。

ぴたりと、彼は俊の額に狙いをつけた。そして、モランは押し殺した声で言う。

「どういうことだ」

「どうもこうもない」

ここで臆せば負けだ。俊は銃口を睨《にら》む。

堂々と、彼は応えた。


「俺達の敵が、ジェームズ・モリアーティなだけだ」


犯罪界のナポレオン。

千本の糸を張り出した蜘蛛《くも》の巣の中心に座す悪人が、そこにはいた。

＊＊＊

ジェームズ・モリアーティ。

シャーロック・ホームズの最大の敵にして、一度は彼と共にライヘンバッハの滝底に沈んだ男。そして他でもない、モランの主《あるじ》だ。

エンドレアスが彼を選んだのは、最早《もはや》、人間の悪人しか呼ぶ魔力がなかったことと、第二幕の敗北の経験故だろう。急遽《きゅうきょ》、人間界の知識を漁《あさ》り、彼は究極の搦手《からめて》を選んだのだ。

低く、モランは悛《しゅん》に問いかける。

「俺に彼と戦えと言うのか」

「ああ、そうだ。彼の手の内を知っている人間だからこそ、俺は貴方《あなた》を選んだ。他の者ならば、搦手にやられかねない。だから、だ。それに……考えてみろ、モラン。貴方がジェームズ・モリアーティを救いたいのならば、彼には必ず勝たなければならないんだ」

「何を言って……」

「モリアーティが勝ち、向こう側の主人が王になってみろ。その時、モリアーティが何を望むのか、貴方にならばわかるだろう？」

モランは目を見開いた。彼は表情を凍らせる。

悛はひとつ頷《うなず》いた。そして、彼は『モリアーティ』が望むであろうことを告げる。

「シャーロック・ホームズとの再戦だ」

ジェームズ・モリアーティは、作者、コナン・ドイルの手によって『ホームズを殺害するためだけ』に作られたキャラクターだ。コナン・ドイルは自身のキャラクターの死を望み、彼に最後の舞台を用意した。そのための舞台装置のひとつがモリアーティ。シャーロック・ホームズの仇敵《きゅうてき》となるためだけに作りだされた犯罪王だ。だが、読者の要望の声に抗《あらが》えず、コナン・ドイルはシャーロック・ホームズを復活させる。

結果、モリアーティだけがライヘンバッハの滝底に残された。ならば、当然思うだろう。

――――そんなことを、認めてたまるか。

「王が叶《かな》えられる願いはひとつだけ。シャーロック・ホームズとの再戦に勝利しても、彼は再びライヘンバッハの滝底に囚《とら》われることとなる。貴方が彼をその業苦から救いたいと願うのならば、今、モリアーティ自身を倒すしかないんだ」

引き金に指をかけたまま、モランは動かない。空気銃は、発射されるかに思えた。だが、不意に、彼は銃口を下ろした。苦悩を顔に浮かべながらも、モランは激しく首を横に振る。

「彼を助けるためには、彼を殺さねばならない……なんという矛盾だろうか」

「『好きなものは呪《のろ》うか殺すか争うかしなければならない』。守りたいものを助けるためには神ですらも殺すべきだ。そうじゃないのか？」

「簡単に言ってくれる」

モランは、天を仰いだ。続けて、彼は俊《しゅん》を鋭く見つめる。その視線を、俊は真っ向から受け止めた。重い沈黙が続く。だが、勝負開始の合図が鳴る寸前に、モランは歩き出した。

人食い虎のように、彼はゆっくりと歩く。

戦友のごとく、モランは俊の隣に並んだ。

「しかたない……こうなれば、ジャイアント・キリングといきましょう、Sir《サー》」

「ああ、勝ってみせよう」

俊は頷《うなず》く。モランは空気銃を構えた。

開戦の鐘の音が鳴らされる。

モリアーティが口を開いた。


「では、講義といこう」


次の瞬間、舞台全体に街が生えた。

ヴィクトリア朝、ロンドンの煩雑な街並みが。

＊＊＊

気づけば、俊達は裏通りのひとつに立っていた。

「――――ここは」

遠くには明るい大通りと辻馬車《つじばしや》の通過する様が見える。だが、裏道の鋪道《ほどう》は禿《は》げ、ゴミの山が作られていた。頭上には洗濯物が下げられており、全体的に薄暗い。集合住宅の入り口では男達が賭けごとに興じている。子供達の歓声が聞こえた。彼らは裸足《はだし》で駆け回る。

あまりのリアルさに、俊は眩暈《めまい》を覚えた。

だが、ここはモリアーティの魔力で生みだされた戦場だ。精密な虚構にすぎない。

俊達は舞台の上から、まだ一歩も動いていないのだ。そう、彼は気を引き締めた。

子供達は唄《うた》いながら遊び続ける。中の一人が近くを通りかかった。

瞬間、モランは発砲した。

少年の頭が柘榴《ざくろ》のように弾《はじ》ける。

血と脳漿《のうしょう》が撒《ま》き散らされた。痙攣《けいれん》しながら、少年は倒れ伏す。

思わず、俊は叫んだ。

「何をしているんだ、モラン！」

「見てください、Sir。ナイフを持っています。しかも両刃だ。子供の玩具《おもちゃ》じゃない」

少年の遺体は消えない。だが、周りの反応は変化しなかった。男達は相変わらずトランプに熱中している。中の一人がハートのエースを叩《たた》きつけ、立ちあがった。

その懐から銃が抜かれた時には、モランの空気銃が額を撃ち抜いていた。

緊張と共に、彼は言う。

「教授のやり方はわかっています。彼は天才的な頭脳を駆使して犯罪組織を立ちあげ、己の手は汚すことなく、手下に計画を授け、目的を遂げてきた人だ。名のある手下は別に収容されているでしょうが、『末端』ならばいくらでも動かせます」

「つまり、酒呑童子《しゅてんどうじ》の鬼の部下達と同じか……いや、本体がどこにいるかわからず、誰が敵か判別しにくい分、こちらの方が格段に厄介か」

「しゅてん……なんです？」

「こっちの話だ。セリアーティを探そう、モラン。彼は舞台の中……この街のどこかにはいるはずだ」

俊《しゅん》達は大通りに飛び出した。

二輪馬車と荷馬車、四輪馬車が危うく傍《そば》を行き交う。

しばらく行くと、コヴェントガーデンが姿を見せた。

露天の台には農作物が積み上げられている。温室栽培の品や南国から船で運ばれてきた品もあった。花売り娘達の明るくも必死な声が聞こえる。大道芸人が傍を通り過ぎていく。

魚屋と人形劇の呼び声が重なった瞬間だった。

傍《そば》に積まれた苺《いちご》の小山が弾《はじ》けた。俊は息を呑《の》む。どこからか狙撃が行われていた。

射線を読み、モランはプディングを売っていた屋台の店主を撃ち殺した。だが、銃弾は次々と弾けていく。転がるように逃げ、俊達はキャベツの積まれた台車を盾にした。

その持ち主が斧《おの》を振り上げる。

空気銃の台座で顔面を殴り、モランは相手を転ばせた。そのまま、男の口の中へ銃口を捻《ね》じ込み、彼は引き金を引く。血を垂れ流して、相手は動かなくなった。

だが、次の狙撃が、モランの頬《ほお》を掠《かす》めた。


乱戦じみた、戦いは続いた。

俊達は街を駆け回っていく。


俊達は高い建物に上り、救貧院を探り、時計塔を調べた。

だが、『末端』の『駒』は限りなく、モリアーティの姿はない。

「……おかしい。こちらの動きを把握している以上、俺達の位置を確認できる場にいるはずだ。しかし、めぼしい場所には影も形もない」

「弾数は無制限ですがね、Sir《サー》。俺の魔力には限りがある。そろそろ底が見えてきました」

そう、モランは汗を拭う。その時、禿頭《とくとう》の大柄な男が、両手に肉切り包丁を手に立った。

似たような男は三人いる。

明らかに、モリアーティは勝負を仕掛けてきていた。

(ならば、エンドレアスは隠れているとしても、モリアーティはこちらの様子を把握しているはずだ。これだけの規模の街を作った以上、もう魔力はなく、ほぼ動けないはず……どこだ。どこにいる)

奇声と共に、肉切り包丁が振り下ろされる。

モランはその股下を通り、発砲した。彼は股間を撃ち、相手の戦闘不能を狙う。それは見事に果たされた。次の一体は斧《おの》を投げた。モランは危うくそれを避《よ》ける。踊るような動きで、彼は足を男の首に絡めた。そのまま、男の上に乗ると、モランは頭頂部から弾丸を貫通させた。次いで、最後の男と彼は向き合った。男は銃を抜いている。めちゃくちゃな勢いで、リボルバーが発射された。動くことなく、モランは自身の空気銃を構え、撃った。

スマートな射撃が、男の額を撃ち抜く。

だが、モランの脇腹には血が滲《にじ》んだ。

「モラン!」

「もう、あまり、もちませんよ……Sir《サー》……教授はどこへ……」

俊《しゅん》は慌てる。

一体どうすればいいのか。

考えに考えた末に、俊は電撃的にあることに気がついた。

＊＊＊

（舐《な》めていないか？　俺達は……モリアーティを。犯罪界のナポレオンを）

モリアーティは開戦直後、この街を出没させた。

だから、俊達は彼がここにいると『思いこんだ』。

本来、それは間違っていないはずである。確かに、ここ以外に、モリアーティの居場所はないはずなのだ。戦闘の舞台はヴィクトリア朝、ロンドンの街並みで埋められている。外に出れば即死の結界がある以上、ここからは誰も出られない。

「だが、……待てよ」

俊は数日前、ネロの口にした台詞《せりふ》を思い出した。

『大会の運営者達を口説き落とせる者がいるとすれば、それは天性の才覚を持つ者と言わざるをえまい。「王の子」程度の言葉を、奴《やつ》らは聞かぬよ』

ならば、誰の言うことならば聞くのか？

モリアーティの最たる能力は人心の掌握だ。

そして、呼び出されてから数日間、彼には時間があった。

ある可能性に俊は思い至る。大通りを、彼は駆け出した。

「こっちに来てくれ、モラン！」

「何か策が？」

「いいから！」

舞台の周縁、街の終わりに俊《しゅん》は向かう。ここから出ればおしまいだ。運営者達の張った結界に触れた瞬間、命は終わる。だが、息を整え、俊は外へと飛び出した。

時が、止まったように感じられた。

足が、舞台の外の硬い地面を踏む。


「やはり、――そうだ」


周縁の結界は解除されていた。

恐らく、モリアーティに口説き落とされた大会運営者の一人によって。

ならば、

「モラン！　モリアーティは、観客席の舞台全てを見下ろせる場所にいる！」

「お見事です、Sir《サー》」

モランは駆け出す。だが、観客は無数にいるのだ。ある程度、場所は絞れたとはいえ、本来は見つけられるわけがない。だが、モランは卓越した射手であり、冷静な観察者だ。何より、主《あるじ》の顔を見誤ることはない。

猛虎のごとく、彼は群衆の間を奔《はし》った。

やがて、モランはその人に辿《たど》り着いた。

席に着いたまま、『教授』は動かない。

モリアーティは無様に逃げようとはしなかった。ただ、彼は拳銃をあげた。

――銃声が響く。

少し離れて、俊はその様を見ていた。

モリアーティの弾丸は、あらぬ方向へ放たれていた。彼の手を撃ち抜き、モランの一撃は痩せた胸に吸い込まれている。やがて、モリアーティは噛《か》み締めるように囁《ささや》いた。

「成長したな、モラン君」

「お褒めにあずかり、光栄です」

深く、モランは頭を下げる。少しずつ、モリアーティは灰と化し始めた。

最早《もはや》、彼は微動だにしない。

自分の二度目の最期を、犯罪界のナポレオンは実に堂々と受け止めた。

一回戦最終幕、セバスチャン・モランVSジェームズ・モリアーティ。

勝者、セバスチャン・モラン。
再び、蜘蛛《くも》の巣の王は、渦巻く滝底へと沈む。

間章・過去3

桜花櫻《おうかさくら》の話をしよう。

これが、最後の物語だ。


「教える限りは、容赦はしませんよ」

「……お手柔らかに頼む」

桜花の人生を聞いた、あの日から。

戦い方を、俊《しゅん》は彼女に教わるようになった。武器の奪い取り方や、弱点を突く方法。効果的な打撃法に目潰しまで。弱者として、戦いに挑む際の心構えも、俊は彼女に説かれた。

また、基礎体力をつけるために、二人は筋トレや走りこみも行った。

若鹿のような手足で、桜花はそれらのメニューを淡々とこなした。一方で、俊はすぐに死にかけた。息を荒らげる彼を尻目に、桜花はさらりと言った。

「追加で兎《うさぎ》跳び十周もいきましょうか」

「待て、待て、待ってくれ」

慌てて、俊は止めた。これ以上無理をしては本当に死んでしまう。だが、桜花は屈《かが》むと、俊の顔を覗《のぞ》きこんだ。さらりと、彼女は銀色の髪を揺らす。無邪気に、桜花は首を傾《かし》げた。

「私のことを守ってくれるんですよね？」

「お前な……それはズルいぞ」

「へへ、だって約束しましたもの」

照れたように、桜花は笑った。

その明るい微笑《ほほえ》みを見ていると、俊は疲れが吹き飛ぶのを覚えた。

主に二人は緑地公園や、学園の裏庭でトレーニングを行った。そのどこでも桜が咲いていた。はらはらと吹雪のように降る白い花弁を、桜花はよく見つめた。その様子を、俊は飽くことなく眺めた。視線に気がつくと、桜花は振り向いた。悪戯《いたずら》っぽく、彼女は笑った。

「君、そんなに見られると照れるじゃないですか？」

――――春だった。

――――いつでも桜花は美しかった。

この頃の俊の思い出は『楽しさ』に満ちている。

桜花作のレモンの蜂蜜漬けを食べたこと。あの日台無しになった弁当のリベンジをしたこと。俊《しゅん》が大の字になって死んでいると桜花《おうか》がふざけて乗ってきたこと。疲れた体で池の畔《ほとり》に座って、二人で何もしないで過ごしたこと。その間、桜が静かに降り続けていたこと。

ひとつ、ひとつが大切な思い出だ。

くりかえし、俊は桜花に約束をした。

「お前が俺を幸せにしてくれるって言ったように、俺が絶対にお前を幸せにするよ」

「君、それだとプロポーズみたいですよ」

「病める時も健やかなる時も、お前を守ることを……」

「ちょっ、ちょっと。ふざけないでください。もー、顔が真っ赤になるじゃないですか！」

桜花はよく笑って、

よく話して、

よくふざけて、

そして、死んだ。

◆◆◆

「手紙を書きたいと思います」

数日後、屋上にて。

元気に桜花はそう宣言した。青空を背景に、彼女は大きく胸を張る。数秒、俊は桜花に勧められたシャーロック・ホームズの文庫本を手に沈黙した。少し考えた後、彼は尋ねる。

「誰に？」

「君にです！」

桜花は俊を指差した。俊は首を傾《かし》げる。授業中を除き、桜花と彼は大抵一緒にいた。今更、手紙を書く必要などどこにもないはずだ。俊の疑問を察したのだろう。桜花は訴えた。

「口では語りにくいことも色々とあるでしょう？」

「俺にはないなぁ。桜花にはあるのか？」

「まぁ、少し」

「なんだか寂しいな」

「なっ！　寂しがらないでください。『今は』言いにくいだけの内容ですから」

そう言い、桜花は便箋を取りだした。制服が汚れるのも構わず、彼女は腹這《はらば》いになる。桜花は文字を綴《つづ》り始めた。俊は文面を覗《のぞ》きこもうとする。だが桜花はそれを全身で防いだ。

「勝手に読むのは厳禁ですよ！」

「なら、俺の目の前で書くなよ」

「完成し次第、渡したいからです。少し待っていてください」

それから、桜花《おうか》は悩み、筆を止め、汚れるのにも構わずゴロゴロと転がった。時間をかけて、彼女は手紙を書き続ける。俊《しゅん》は座って、その隣で待った。

今ならば、思う。

あの時、無理に覗《のぞ》きこんでいたのならば何かが変わったのか。

同時に、俊は知っている。

きっと、何も変わりはしなかった。

運命は既に定まっていたのだから。

「書けました！」

明るく、桜花は言った。彼女はそれを封筒に入れ、猫のシールを貼る。そして、俊に手渡した。すぐに、彼は中身を開けようとする。慌てて、桜花はそれを止めた。

「駄目です。中は見たら怒りますよ」

「そんなこと言われても。なら、いつ読めばいいんだよ」

「そうですね……私に『絶対』怒られないと、確信できた時に読んでください」

なんだそれと、俊は思った。

その言葉の意味を、本当はもっと考えるべきだったのに。

「約束ですよ」

桜花は花のように笑った。

その手紙の中身を、俊は予想しなかった。

それが遺書だとは、思いもよらなかったのだ。

◆◆◆

更に、数日後。

その日は青く、晴れていた。

連れ立って、俊と桜花は登校した。二人の住む場所は決して近くではなく、合流しようとするとどうしても遠回りになる。それでも二人は毎日のように朝から顔を合わせていた。

「とうっ！」

「はいはい」

桜花は歩道の縁石に乗り、俊がその手を取る。子供のように、二人はそうやってふざけた。俊の手と重ねた指に力をこめて、桜花は道路にジャンプして降りる。それを軽く受け止めてやった後、俊は足を進めた。しばらくすると、また桜花が縁石の上に乗る。

自然と腕を伸ばし、俊はまた手を繋《つな》いだ。桜花が飛び降りると受け止める。

そんなことを繰り返しながら、二人は学校へと向かった。

俊《しゅん》に明るい笑顔を向けて、桜花《おうか》は言った。

「今日は訓練後用の軽食を作ってきたので、楽しみにしていてください！」

「それは嬉《うれ》しいな……内容は？」

俊が尋ねると、桜花は学生用鞄《かばん》とは別に下げた、布製の袋を叩《たた》いた。

中身について、桜花は胸を張って告げる。

「チーズと、ハムと、自家製マーマレードのサンドウィッチです！」

「聞くだけで美味《うま》そうだ」

「ふっふふー、すっかり胃袋を掴《つか》んでしまいましたね」

「あぁ、掴まれたなぁ」

「素直ー」

「お前にだけな」

ぐりぐりと、桜花は俊の頬《ほお》を押す。嬉しそうに、彼女はふふっと笑った。

尽きない会話を交わしながら、二人は並んで校門を潜《くぐ》る。かつていじめに参加していた生徒が壮絶な視線を向けてきたが、俊は華麗に無視をした。

足を止めて、二人は向き合う。

手を高々と挙げ、俊と桜花はハイタッチを交わした。

「じゃあまた」

「休み時間に」

だが、これが最後の平穏だった。

直後に、あの事件が起きたのだ。

＊＊高等学校立てこもり事件が。

◆◆◆

二時間後。

その男は無言で教室の引き戸を開けた。

『こんなことが起こるかもしれない』と、誰もが一度は妄想した光景のはずだった。だが、その時、動けた者はただの一人もいなかった。何もかもが、おかしな演劇のように見えた。

快晴だった。

空は青く、開いた窓からは穏やかな風と桜の花びらが舞いこんでいた。

それが床に落ちる前に男は出刃包丁を抜いた。

彼は教師と、生徒数名に次々と切りつけた。

絶対的な沈黙の後、爆発的な悲鳴が上がった。

「静かにしろぉおおおおおおおお、動いた奴《やつ》から殺すぞぉおおおお」

男は叫んだ。そうして、適当な生徒に切りつけながら、彼は辺りを見回した。

明らかに、男は『誰かを』探していた。その視線が俊《しゅん》の上で止まった。

「……俺？」

後に、男は自供する。学校には元から怨《うら》みがあった。そして、ある日、不気味な夢を見た後、女生徒と登校する男子生徒の姿を見て、無性にイラつき、犯行を決意したのだと。

他の生徒達は椅子から転げ落ちながらも、まだ逃げられてはいなかった。

俊と男の様子を交互に見て、誰かが呟《つぶや》いた。

「ねぇ、アンタが目当てだって言うなら早く死んで……早く死んでよ！」

否定の声はなかった。俊は悟る。

それがクラス全体の総意だった。

俊が生贄《いけにえ》になり、男の殺意が収まることを。皆が望んでいる。そう理解しながらも、俊は絶望はしなかった。わかっていたことだ。人と魔族は所詮、相いれない。むしろ、巻きこんでしまったことが申し訳なかった。ゆっくりと、俊は立ちあがる。彼は男の前に出た。

「他の奴は傷つけるな。俺が相手だ」

武器の奪い取り方は桜花《おうか》に学んでいた。戦い方も。勝ち方も。だから、いけると思った。

全員を救える。

俊はそう考えた。彼が動こうとした。その時だ。

――――ドンッ

クラスメイト数名に、俊は思いっきり背中を押された。

そうして、彼の脇腹には刃《やいば》が突き立てられた。

◆◆◆

痛かった。

痛かった。痛かった。痛かった。熱かった。

痛みには慣れている。それでも、『死に直結する』とわかる激痛は恐怖を伴った。ただ、ひとつ幸運があった。そこで、男の包丁が折れたのだ。

刃を抜かれていれば俊は出血多量で死んでいた可能性が高い。

舌打ちしながら、男は腹部に巻いていた二本目を取りだした。

このまま、俊《しゅん》を殺した後、男はどうするのだろうか。既に人を殺してしまった以上、殺害目的が消えても、立てこもる可能性は高いだろう。クラスメイト達の行動は迂闊《うかつ》だった。
重い事実を噛《か》み締めながら、俊は目の前の死を見つめ続ける。
その時だった。

「何をしているの!?」

声が、した。
俊は考えた。
来てはいけない。彼女は別のクラスなのだ。どうか、このまま逃げてくれ。
同時に、俊は思った。
思って、しまった。
桜花《おうか》櫻《さくら》は唯一の、
彼のためのヒーローだ。

◆◆◆

「俊君」

教室に乱入した桜花は、俊の前に屈《かが》みこんだ。その傷を確かめ、彼女は男に向き直る。

銀色の髪をなびかせながら、桜花櫻は叫んだ。

「殺させやしないよ！」

ああ、と俊は涙を流した。

桜花。お前だけは望んでくれるのか。俺に死ねと言わないのか。

そうして、俊のヒーローは悲痛な声で続けたのだ。

「たとえ、私が死んだって殺させやしない！」

俊は目を見開く。

桜花は死を覚悟していた。よく見れば、彼女は細かく震えている。本当は桜花も怖いのだ。彼女はただの女子高生なのだから。必死に、俊は前へ這《は》いずった。血が溢《あふ》れる。痛みが強くなる。それでも、俊は必死に訴えた。

「桜花……逃げろ、逃げてくれ」

「嫌だ」

「俺が死んでも……お前は生きて……桜花」

「俊君が死んだら、私も死ぬんだ」

そうして、桜花《おうか》は男と向き直る。

獰猛《どうもう》に笑って、男は刃《やいば》を閃《ひらめ》かせた。

桜花が動く。その動作は的確で素早い。だが、それは思わぬところから邪魔された。目元を切られ、血で何も見えない女生徒が、桜花の足を混乱のままに掴《つか》んだのだ。

「……助けて」

「……っ！」

それでも、桜花は男の腕にしがみついた。二人は揉《も》み合いになる。俊《しゅん》は必死に立ち上がろうとした。何をしている。二人の間に割って入るのだ。急げ。桜花の盾になれ。

そう望むのに体は微塵《みじん》も言うことを聞かない。彼は全てを呪った。自分も含めた、桜花櫻《さくら》を襲う過酷な運命を憎悪した。男が手を振りあげる。桜花の喉にぴっと、紅《あか》い線が走る。

血が吹き出した。

だが、それで男の目が潰れた瞬間、桜花は包丁を奪った。

他に狙いをつける余裕などなかった。

桜花櫻は男の腹を深く刺した。

この瞬間に、彼女の地獄堕《お》ちは確定したのだ。

◆◆◆

桜が。

桜が咲いていた。

穏やかな風に吹かれ、それは血溜《ちだ》まりに落ちた。

少しずつ、少しずつ。

俊は桜花に近寄った。


「桜花……桜花」


刃がめりこむのにも構わず、彼は桜花を抱き上げた。震える腕で、彼は桜花の傷口を押さえる。だが無理だった。もう血が流れすぎていた。桜花は僅かに微笑《ほほえ》んだ。彼女は囁《ささや》く。

「ご、め……ね……ヒーロー……なれ、なくて」

「そんなことはどうでもいい、嫌だ、嫌だ、桜花」

「だい、じょぶ……だよ、私がいなくなっても……だい、じょぶ」

「桜花《おうか》！」

「てがみ、よんで、ね」

だいすき

彼女の瞳は、笑って閉じた。

――春だった。

――桜花は常に美しかった。

第十五章

桜花櫻《おうかさくら》を救うための、第一回戦は終わった。

彼女の過酷な運命を変えるための一歩を進みだせたのだ。

深く、俊《しゅん》は息を吐く。

その背中に、声をかけるものがあった。

「勝ったのう」

「ネロ……珍しいな。お前が試合直後に現れるなんて」

俊はそう応えた。ヴィクトリア朝の街並みは崩れ、灰と消えた。モランは救護室に運ばれている。滞りなく、最終戦の片づけは済んでいた。

あとは大会運営側の勝者宣言を聞くのみのはずだ。

舞台の向こう側にはエンドレアスが立っている。彼は目を伏せたまま動かない。何を考えているのか知れず、その様は不気味だった。

エンドレアスを眺めて、ネロは腕を組んだ。

「ふふん。妾《わらわ》は『怠惰と狂騒のネロ』。愉快そうと知れれば現れるわ」

「何を言って……」

「もしや、貴様。このまま終わると思っているのかのぅ？」

甘い甘いと、ネロは首を横に振った。愉快そうに、彼女は笑う。

どういう意味かと、俊は問おうとした。

その時だ。大会運営側の魔族が舞台外の壇上に立った。

「お待たせいたしました。ここにネロ様とルクレッツィア様の勝利宣言と共に、エンドレアス様の処刑宣告を、ギャッ！」

その体が燃えあがった。俊は目を見開く。慌てて、彼はエンドレアスに視線を向けた。

エンドレアスは片手を突き出している。明らかに、炎の魔術を使用していた。彼の周りを黒衣姿の死神達が取り囲む。だが、短い詠唱で、エンドレアスはその全てを灰と変えた。

処刑鎌が転がってくる。それを拾いあげ、ネロは告げた。

「地獄の処刑人の鎌は『死』の概念の具現化よ。首を切られれば三男とて死ぬ。だが、首を切り落とすまでが難儀でな。七子ごときは処刑人にならば殺せるが三男では苦労するわ」

「そんなのありかよ……」

「そのうち、運営者達の中からより処刑に特化した、存在自体が死の概念である者が送りこまれてくる。そこまで逃げきれば妾達の勝ち。妾達を全員殺して逃走できれば、まあ、エンドレアスにとっては最善ではなくとも、次善であろうなぁ」

謳《うた》うように、ネロは言った。一方、エンドレアスは周囲全ての存在を殺し尽くしている。

エンドレアスは俊《しゅん》に視線を止めた。蒼《あお》い目に憎悪を滾《たぎ》らせ、彼は言う。

「魔力異常の一〇八子……そうか。お前が。あの時、しっかりと殺しておくべきだったな。虫は残すと、実に、実に厄介だ」

「あの時……何を言っている？」

俊は目を細める。だが、同時に嫌な予感がした。それを聞けば、怒りで全身がバラバラになる気がする。心臓が止まりそうな憎悪が待っているように思えた。

しかし、止めることなく、エンドレアスは続けた。

「私はある父の愛人を焚《た》きつけ、『穢《けが》れた血』を何人も拷問させ、処刑させた。だが、中の一人が逃げ、人界に向かったと言うじゃないか！　人界には直接的には手を出せない。だが、精神干渉ならばできる。だから、地獄堕《お》ちが決まっていた男の無意識を弄《いじ》り、お前を目撃させた。後の顛末《てんまつ》は詳しく聞かなかったが……それが仇《あだ》になるとはな」

「待て、それじゃあ」

フラッシュバックのように、俊は思い出した。

美しい桜花《おうか》の笑み。目の前に飛び出してきた姿。必死の戦い。最後の言葉。

だいすき。

桜花を殺したのは、結局のところ無辜《むこ》の人間の悪意と弱さだ。だが、彼女に直接トドメを刺したのは、包丁を持ったあの男だった。つまり――、

「お前のせいで、桜花は……」

「待て待て、冷静になれ」

ぐっと、ネロは俊の肩を掴《つか》んだ。それを、俊は振り払おうとする。エンドレアスを殺さなければならない。だが、強い力で、ネロは俊を振り向かせた。

そして、彼女は彼にキスをした。

俊は言葉を失う。ゆっくりと唇を離して、ネロは微笑《ほほえ》んだ。

いつかのように、彼女は優しく言う。

「妾《わらわ》が、貴様のために死んでやるから」

それが当然と言うように。

心の底から、晴れやかに。

＊＊＊

「お前が、俺のために死ぬって……」

「当然であろう？　妾達《わらわ》は『深淵《しんえん》の処刑人』が来るまで生き延びねばならぬ。だが、今のエンドレアスには到底敵《かな》わぬ。ならば、どちらか一人が囮《おとり》になるしかなかろうて」

「でも、どうしてお前なんだ……代理の俺の方が」

「桜花《おうか》を救うのであろう？」

そう、ネロは後ろ手を組んだ。また、彼女は微笑《ほほえ》む。

謳《うた》うように、ネロは続けた。

「ならば、死んでいる場合ではあるまい？　第七子に妾が殺された場合、戦後の揉《も》め事ならば、代理戦闘権はそのまま貴様が引き継げるはずだ。妾は死んでもよい。もう、十分に楽しめた。礼を言う」

「しかし……」

「よいのだ。逃げよ。逃げよ、俊《しゅん》」

真《ま》っ直《す》ぐな目をして、ネロは告げた。

母のように、姉のように、彼女は囁《ささや》く。

「逃げるがよい。そして生き延びよ」

黙ったまま俊《しゅん》は彼女の言葉の意味を噛《か》み締めた。その金の瞳を見つめながら、彼は頷《うなず》く。

呆《あき》れたように、エンドレアスが声をかけてきた。

「全部聞こえているのだけれどね？　こちらは二人とも殺すつもりだが？」

「固いことを言うな、エンドレアス。妾《わらわ》の悪足掻《わるあが》きに付き合ってくれてもよかろうよ」

極々自然に、ネロは俊に背を向けた。踊るような足取りで、彼女は歩き出す。

いつも、どんな時でも、ネロは軽やかに足を運んだ。

その細い後ろ姿に向けて、俊は声をかけた。

「ネロ！」

「じゃあの、馬鹿者」

笑って、

笑って、

笑って、

ネロはエンドレアスの前に立った。紅《あか》いドレスの裾を掴《つか》み、彼女は優雅な礼を披露する。

その様を眺め、エンドレアスは溜息《ためいき》を吐《つ》いた。

「七子は三子には敵《かな》わない……悲壮な決意、見事だ。やはり、道理を曲げてでも、君のことは娶《めと》るべきだったな」

「そう言われると照れるではないか、エンドレアス。それに……」

「それに？」

「すぐに撤回したくなるというのに」


実に邪悪に、ネロは唇を歪《ゆが》める。

瞬間、エンドレアスの背後に回っていた俊は鎌を振るった。


死神の鎌は『死』の概念だ、第三子の首も切れる。

ネロが会話の全てをエンドレアスに聞かせていた段階で、この作戦には気づいていた。

アレはただの演技ではない。俊にはわかっていた。桜花《おうか》の仇《かたき》を倒すことに、ネロは全力で力を貸してくれたのだ。そのことに感謝しながら、彼は全身の力を込め、武器を振るう。

迫る刃《やいば》を前に、エンドレアスは叫んだ。

「貴様！」

「お前こそ世界の全てに見捨てられて、死ね」

エンドレアスは氷の魔術を放つ。狙いは甘い。だが、一本が俊の脇腹に刺さった。

痛い。しかし、こんなものは桜花《おうか》の味わった苦しみとは比べものにならなかった。

無視して、俊《しゅん》は鎌を振り切る。


第三子の、尊き首は切断された。

エンドレアスの頭部は宙を舞う。


血が吹き出し、床を赤く濡《ぬ》らしていく。その中で、俊は膝をついた。

ドレスを揺らし、ネロが駆け寄ってくる。彼女は真剣な声で言った。

「俊！」

「やった……これで、俺は……」

「何をやり遂げた顔をしておるのだ！　まだまだであろうが！　死ぬでないぞ、貴様。おい、俊！　妾《わらわ》を一人で置いていくでないぞ！　わかっておるのか！　おい！」


俊の意識はそこで落ちた。


継承戦、盤上の戦闘遊戯第一回戦。

ネロフェクタリ・フォン・クライシスト・ブルーム&西島《にしじま》俊VSルクレッツィア・フォ

ン・クライシストブルーム。

勝者、ネロフェクタリ・フォン・クライシスト・ブルーム&西島俊。

敗れし者には、永遠の死の裁きを。

桜花《おうか》の手紙

君がこの手紙を読むとき、私はすでに死んでいることでしょう。

ずいぶんと月並みな始め方をしたものだなぁと、我ながら感心してしまいました。いざ、自分が遺書を書く立場となると気の利いた言葉のひとつも出てこないのでびっくりしますね。当人の私でさえもこうなのだから読んだ君の方はもっと驚いたことでしょう。あるいは、肩をすくめて呆《あき》れたでしょうか。それとも、全身を震わせて泣きだしたのでしょうか。

君は優しい人だから、きっと最後の可能性が一番高い。

もしも、そうならば心が痛みます。

私は君を泣かせたいと考えたことは一度もない。悲しい思いや辛《つら》い思いもして欲しくなどありませんでした。それでも私は私であるために死ななければならなかったのでしょう。

君と過ごすようになってから、私は隠れて周りの悪い連中を払い続けてきました。

けれども、最近、嫌な予感がするのです。これは『不幸な子』を執拗《しつよう》に追い続けてきた、私だからこそわかることです。何か、恐ろしい何かが、君には迫っています。

『ソレ』が来た時、私は死ぬことになるでしょう。

でも、それでいいのです。

私が君のヒーローであるために、私の選んだことだから。

それでいいのです。


君が、私の幸せを望んでくれたこと、本当に嬉《うれ》しかった。

あの言葉ひとつだけで、私はいくらでも勇敢になれます。


だから、君が私のために泣く必要などどこにもないのです。でも、そう言ったところで、君は納得などしないでしょう。ただひとつだけ、保証をさせてください。

大丈夫。私が死んでも君の世界は何も変わらない。明日も正しく回っていきます。

でも、そのことをこそ、君は嘆くのでしょう。


今となっては、私の望みはひとつだけです。

どうか、君が私のことを忘れてくれますように。


今の君の世界に、私はいません。

そこで、君は明日も変わらずに生きていく。
それだけが、私の喜びで、願いで、望みで、希望です。

だから、明日も私の欠けた世界で、
私だけの消えた、いつもの場所で。

なにひとつ変わりなく、君が生きていてくれますように。

私などいなかったかのように。
永く、幸福でありますように。

全部、嘘《うそ》です。
どうか、忘れないで。
ずっと、私を忘れないで。

心の底から、
私は君を愛していました。

エピローグ

断続的に、夢を見た。

まるで誰かに語り聞かせるかのように。

桜花《おうか》櫻《さくら》のことを、思い返すかのように。


長く、短く、悲しい、三つの夢を。


ゆっくりと、俊《しゅん》は目を開いた。腹には包帯が巻かれている。一瞬、彼は時が巻き戻ったような錯覚に囚《とら》われた。桜花が死んだ後、救急搬送され、意識を取り戻したときに。

当時、俊は桜花の名を叫んだ。そして、彼女の死を聞かされ、錯乱した。全身を押さえつけられて、昏睡《こんすい》させられた思い出が蘇《よみがえ》る。だが、今回、俊は同じ醜態は晒《さら》さなかった。

「……………ここは」

慎重に、俊は自身のいる場所を確かめた。ここはネロの寝室だ。隣では、何故《なぜ》かモランが林檎《りんご》を剥《む》いている。遠くからは、相変わらず耳男《みみお》のノミの音が響いていた。

モランは剥《む》いた林檎《りんご》を自分で食べた。口髭《くちひげ》を揺らし、彼は言う。

「おや、Sir《サー》。お目覚めで」

「俺は、どれくらい寝てた？」

「地獄の時間で三日ほどかと」

「そうか、迷惑をかけたな」

「特には。Miss《ミス》も心配はしていなさそうでしたしね。いわく、奴《やつ》は必ず生き残ると」

モランは肩をすくめた。そのわりに、彼からは安堵《あんど》した様子がうかがえる。

頭を下げ、俊《しゅん》はモランに付き添いの礼を述べた。続けて、彼は尋ねる。

「ネロは？」

「あちらに」

モランは上へ指を向けた。場所を教えられ、俊は起きあがる。痛む体を引きずって、彼は歩きだした。苦労しながら、俊は石の階段を上る。

彼は『骨の塔』の屋上に出た。

そこでネロは歌を唄《うた》っていた。どこか懐かしい、子守唄だ。

相変わらず、勝利の後の様子とは思えなかった。だが、その時、俊は気がついた。

（あれは、エンドレアスへの、葬送曲なのかもしれない）

彼女と兄は、仲がいいようには見えなかった。また、俊がエンドレアスの首を切る時、ネロは一片の慈悲も示さなかった。だが、彼女の感情を断定することはできない。何せ、ネロは『怠惰と狂騒のネロ』だ。親しくもない相手へ、歌を送ることさえも自然に思えた。歌が、終わる。ネロは目を細め、黒髪を押さえた。そこで、俊に気がついたらしい。振り向き、彼女は笑みを浮かべた。

「ああ、目覚めたな」

「お前の予想通りにな」

「ふん、桜花《おうか》とやらを助ける前に、貴様が死ぬものか。死ねば殺してくれるわ」

尊大に、ネロは鼻を鳴らす。だが、そのまま、彼女は沈黙した。

長い時間が過ぎる。やがて、ぼそりとネロは呟《つぶや》いた。

「まあ、完全に心配しなかったわけではないが」

「すまん。悪かったと思ってる」

「別に反省を促したいわけではない。よい。許す」

そう、ネロは胸を張った。俊は頷《うなず》く。次の瞬間、ネロは指を鳴らした。彼女の腕の中に、大輪の花束が落ちる。まとめられた花は、全て桃色だ。それを俊に渡して、ネロは言った。

「祝福だ。リル、からのな」

「なんでだよ」

「貴様が勝ったことで、『王の子』達は大騒ぎよ。何せ、一〇八子が、第三子を降《くだ》したのだ。ある者は嘆き、ある者は面白がり、ある者は憤怒を燃やしている。こうして、リルは祝っているわけだが……まあ、腹の底では何を考えているかはわからんな」

それを聞き、俊《しゅん》はそうだろうなと思った。騒ぎは予想できている。

一〇八子が第三子に勝利するのは、それだけの異常事態だ。今後、『王の子』達の警戒度は一気に高さを増すだろう。次からは、今回よりも過酷な戦いになると想像ができた。

だが、今は何もかもが静かだ。

二人は、灰色の海を見下ろす。その表面は太陽の光で煮えた血の色に染まっていた。

俊は花束を床に下ろした。彼はネロに尋ねる。

「大会の運営者達は、俺達の勝利に不満はないのか？」

「奴《やつ》らは大会の適切な運営を至上命令としている者達だ。モリアーティに口説き落とされた者もいたが、基本は口を挟まぬよ。妾《わらわ》達は今後も参戦できるゆえそこは安心するがよい」

「ああ、それなら助かる」

しみじみと、俊は口にした。だが、と、彼は目を細める。モリアーティの際に例外が生まれたからこそ、今後は大会運営側が敵になる可能性も考えておかなければならなかった。

そう、彼は敵の増える覚悟を決める。

その横顔を眺め、突然ネロは囁《ささや》いた。

「運命だと思ったのよ」

「何が？」

「貴様が、だ」

真《ま》っ直《す》ぐに、ネロは俊を見つめる。金の瞳の中には真摯な光が浮かんでいた。

嘘《うそ》偽りなく、彼女は語る。

「妾は全てに飽いていた。生きる理由も死ぬ理由も戦う理由も、妾にはなかった。そこに、貴様が来たのよ、西島《にしじま》俊。生きる理由と戦う理由しか持たぬ、貴様が」

ネロは手を伸ばす。彼女は俊の頬《ほお》を包みこんだ。

母のように、恋人のように、彼女は優しく囁く。

「だから、貴様は妾の生き、戦う理由の全てだ」


その言葉には、真摯な響きがあった。

心からの事実を、ネロは俊に告げている。

どう答えるべきか、俊は迷った。やがて、彼はぽつりと呟《つぶや》いた。

「まるで告白みたいだな」

「まあ、好きにとるがよいぞ」

さらりと照れもせずに、ネロは告げた。彼女は手を離す。

俊《しゅん》は頷《うなず》いた。ゆっくりと、彼は噛《か》み締めるように決意を口にする。

「俺はこれからも勝つよ。お前のために……何より、桜花《おうか》のために」

「ああ、そうだ。不可能な道を越えてこそ、貴様の希望は叶《かな》う」

ネロは頷く。血生臭い風が吹いた。

黒髪を押さえて、彼女は重く囁《ささや》く。

「桜花の死についてだが」

「どうした？」

「エンドレアスが裏で糸を引いていた。不測の地獄の深層堕《お》ちも気になる」

「……何かあるかもしれないって言うことか？」

「わからぬ。地獄の魂を堕とす仕組み自体はそう厳格ではない。恐らく何も出ぬとは思うがな。だが不測は不測だ。調べてみる価値はあるかもしれん。妾《わらわ》の方で手は回しておく」

「あ、ああ、頼む」

勢いよく、俊は頭を下げた。彼は混乱を覚える。桜花の死の裏に何かあるのか。その可能性は考えてもみなかった。もしも、何かが見つかった時、自分はどうするのか。それはまだわからない。今はただ、始まった血みどろの戦いを一歩、一歩、続けるしかなかった。

ふんっと、ネロは鼻を鳴らす。

彼女は血のような太陽と向き合った。口元に薄く笑みを湛《たた》えて、ネロは囁く。

「次は『嫉妬と堅実』のガゼ戦だ。奴《やつ》は確実な勝利の一手を打ってくる。エンドレアスよりも魔力は少ないが、やりにくい相手よ。それでも、お前はやはり勝てるというのか？」

「勝てるさ。何人でも、殺してみせよう」

「ならば、俊」

ネロは手を伸ばす。俊はその指を取る。

いつかのごとく、彼は跪《ひざまず》いた。ネロは告げる。

「あと五人、殺してみせるがいい」

「仰せのままに」


かくして、運命の歯車は回り続ける。

争いに敗れて、凄惨に死ぬか。

残り、五人を殺すまで。

桜花櫻《さくら》を救うまで。

桜花《おうか》の遺書の余白に記された言葉

俺も、愛してたよ、　桜花。
ううん、違う。
今も、愛してるよ、　桜花。

あいしているよ。

継承戦
第一回戦
BATTLE CARD

第七子 ネロ
第一〇八子 西島俊
第三子 エンドレアス

第一幕
エリザベート・バートリー VS 酒呑童子

第二幕
夜長姫《よながひめ》 VS 失楽園の蛇

第三幕
セバスチャン・モラン VS ジェームズ・モリアーティ

セバスチャン・モラン

悪名	低〜中
戦闘能力	高
魔力	低〜中
召喚コスト	低〜中

シャーロック・ホームズシリーズ中の悪人の一人。『空き家の冒険』に登場する、射殺事件の犯人。永久牢獄に囚われるにはギリギリの線の悪党。戦闘能力自体は高いがなにぶん悪名が低い。そのため地獄の中では使える魔力に限りがある。

長期戦闘には決して向かない。

だが『虎狩りの名手』と謳われた射撃の腕は頼りになる。

また、モリアーティーの腹心であり、その忠誠心は高い。

夜長姫《よながひめ》

悪名	—
戦闘能力	—
魔力	低
召喚コスト	低

坂口安吾作「夜長姫と耳男」の登場人物。

死を嗤い、楽しむ女児だが、最後には耳男のために命を落とす。

本来は収容に足る悪人ではない人物。

己を殺した耳男と共に地獄に堕ちた・特別収容者。

彼女の殺害を条件に召喚対象が耳男へ切り替わる。

耳男も戦闘能力は低いが蛇に対して絶対的有利を誇る。

夜長姫は死に瀕する際に耳男と会えることを楽しみにしている。

エリザベート・バートリー

悪名	高
戦闘能力	中
魔力	高
召喚コスト	高

六百余名を拷問で殺害した、血の伯爵夫人。

美しく、誇り高き、神をも畏れぬ女。

生前死罪こそ免れたものの、チェイテ城に監禁される。

窓や扉は塗りこめられ、城には四本の絞首台が立てられた。

身体能力自体は低いが、逸話にある拷問器具を駆使して戦う。

だが、駒になろうとも、彼女の心は主には従わない。何故ならば、彼女はエリザベート・バートリーなのだから。

あとがき

悪が好きです。

はじめましての方ははじめまして、綾里《あやさと》けいしです。この度は、『悪逆大戦 地獄の王位簒奪者《さんだつしゃ》は罪人と踊る』をご購入いただき、本当にありがとうございます。

伝説上の悪人を書きたい。

己の好きな悪人達を形にしてみたい。

その一心で、この作品は仕上げさせていただきました。

貴方《あなた》の好きな悪人は、果たして理想から外れてはいなかったでしょうか？

悪に生き、己の美学と背負う業ののある彼らを少しでも魅力的に書けていたら幸いです。

少しだけ、作中の戦いについて書きたいと思います。
◆エリザベート・バートリーＶＳ酒呑童子《しゅてんどうじ》
美しく誇り高き貴族の女と、人の世より阻害されし、童子である酒呑童子。二人の戦いは絶対に書きたかったものでした。特にエリザベートは、「異世界拷問姫」でもヒロインの名前とモチーフに使ったほど好きな御方でしたので、書いていて非常に楽しかったです。
◆夜長姫《よながひめ》（＆耳男《みみお》）ＶＳ失楽園の蛇
夜長姫は悪人ではないんですが、その存在を心から愛しすぎているため、対戦相手を失楽園の蛇と決めた瞬間、……これは、出さねば。と思いました。夜長姫と耳男のことをあまりご存知ではない方は、坂口安吾《さかぐちあんご》著の『夜長姫と耳男』をよろしくお願い申し上げます。

◆モラン大佐VSモリアーティ

悪人VS悪人を書くにあたり、この二人の戦いは絶対に書かなくてはいけないと思っていました。シャーロック・ホームズシリーズが大好きなこともあり、この二人の対戦を思い着いたとき、めちゃくちゃに心が踊りましたので無事仕上げることができて幸いでした。

各対戦については以上です。

少しでもお楽しみ頂けていれば幸いです。

ここからは、恒例のお礼スペースに移動させて頂きます。

編集M様。企画段階からの多くのご助言をありがとうございました。ろるあ先生、キャラクターに命を吹き込んでくださり、迫力ある美しいイラストを仕上げてくださり、心よりお礼を申し上げます。出版に関わってくださった全ての方々、ありがとうございました。

また、大切な家族、特に姉に多くの感謝を。

何よりも読者の皆様。この本を手に取ってお読みくださったこと、これ以上なくお礼を申し上げます。本当にありがとうございました。願わくば、次でもお会い頂けますことを。

それでは、また。

幸運に恵まれることがあれば、第二戦でお会いしましょう。

◆参考資料

桐生操『血の伯爵夫人 エリザベート・バートリ』（新書館）
澁澤龍彦『世界悪女物語』（桃源社）
種村季弘『吸血鬼幻想』（薔薇十字社）
沢登佳人他『性倒錯の世界』（荒地出版社）
飯島吉晴『子供の民俗学』（新曜社）
馬場あき子『鬼の研究』（三一書房）
宮本幸枝編著『日本の妖怪FILE』（学研プラス）
大塚英志監修 山本忠宏編『まんが訳 酒呑童子絵巻』（筑摩書房）
高平鳴海他『鬼（Truth in Fantasy）』（新紀元社）
『日本の妖怪と幽霊完全ガイド』（晋遊舎）
坂口安吾『桜の森の満開の下・白痴 他十二篇』（岩波書店）
『聖書 新改訳』1970,1978,2003（新日本聖書刊行会）
コナン・ドイル 駒月雅子訳『シャーロック・ホームズの帰還』（KADOKAWA）
コナン・ドイル 駒月雅子訳『シャーロック・ホームズの回想』（KADOKAWA）

MF文庫J

悪逆大戦
地獄の王位簒奪者は罪人と踊る

2022年3月25日　初版発行

著者　綾里けいし
発行者　青柳昌行
発行　株式会社 KADOKAWA
〒102-8177 東京都千代田区富士見2-13-3
0570-002-301（ナビダイヤル）

印刷　株式会社広済堂ネクスト
製本　株式会社広済堂ネクスト

Printed in Japan　ISBN 978-4-04-681289-6 C0193

◇◇◇

【 ファンレター、作品のご感想をお待ちしています 】
〒102-0071 東京都千代田区富士見2-13-12
株式会社KADOKAWA　MF文庫J編集部気付「綾里けいし先生」係「ろるあ先生」係

魔導書学園の禁書少女
少年、共に禁忌を紡ごうか
[著] 綾里けいし
[皿.] みきさい
少年、私の伴侶になりたまえよ
世界すら滅ぼす“禁書”を扱う少女×世界で唯一“異能”を扱う少年
禁書を巡る学園ファンタジー!
2022年4月1日
角川スニーカー文庫より発売予定!